書下ろし

奪う太陽、焦《こ》がす月

草凪 優

祥伝社文庫

目次

第一章　図書館のキス

1

ゴールデンウィークを過ぎたので、東北の海辺の町に吹く風もようやく暖かくなってきた。佐倉浩之《さくらひろゆき》は公園の広場を見渡して眼を細めた。雲ひとつない抜けるような青空のせいか、意外なほどたくさん人が集まっている。

年に一度のフリーマーケット。もともとは、古着や雑貨を売るだけのごく小さな催《もよお》しだったらしいが、いまでは焼きそばやカレーライス、自家製のパンなどを出すテントが並んで、バンドの演奏やラップのバトルもあるらしい。娯楽の少ない田舎《いなか》町だから自分たちの力で楽しもう――その意気やよしである。

参加者は圧倒的に若者が多かった。十代から二十代が大半で、なんだか学園祭じみている。この町にこんなに若者がいたのか、と驚きを隠せない。

「先生！」

豚汁を売っているテントの中から声をかけられた。

「まさか素通りしていくんじゃないでしょうね。冷たいなあ」

「山本《やまもと》先生はちゃんと買ってくれましたよ。先生もどうぞ」

教え子の紀子《のりこ》と友恵《ともえ》だった。ふたりとも金髪で背格好《せかっこう》も似ているから、なんだか双子のように見える。

「さっき達也《たつや》のところでお好み焼きを食べたばかりなんだよ」

浩之は腹をさすって苦笑した。

「えー、達也のお好み焼きは食べたのに、わたしたちの豚汁は食べられないんですかあ？」

「差別、差別。先生、それは差別です」

しかたなく豚汁を買った。味は悪くなかったが、この調子では夕食が入らなくなってしまいそうである。

浩之は定時制高校の教員をしている。担当教科は社会。このフリーマーケットには、教え子たちが参加するというのでのぞきに来たのだが、思ったよりも知った顔が多かった。挨拶《あいさつ》したのは紀子と友恵で八人目だ。

「……んっ？」

歩いていた足がとまった。また教え子の姿が見えた。

十メートルほど先の、古着を並べたシートに青井波留《あおいはる》が座っていた。ひとりではなかった。揃《そろ》いのニット帽を被《かぶ》った、バンドマン風情《ふぜい》の男と一緒だった。なんだか家出中の痩《や》せ犬が身を寄せあっているようで、微笑《ほほえ》ましい光景ではあるものの、商売っ気はまるでない。行き交《ゆか》う人に声をかけることもなく、ひそひそと言葉を交わしては、時折チュッと唇《くちびる》を合わせる。すっかりふたりの世界に入りこんでいるので立ちどまる客もなく、むしろ避けられているようだ。

「まったく困ったやつだよな」

同僚の山本栄一《えいいち》が、いつの間にか隣に立っていた。片手にフランクフルト、片手に焼きそばを持っている。

「イチャイチャしたいなら人目のないところに行けばいいのに、こんなところで……犬猫じゃないんだから、もう少し羞《は》じらいをもてないかね」

「まあまあ」

浩之は苦笑まじりになだめた。

「仲良きことは美しきかな、この際、多少のことは眼をつぶりましょう」

「佐倉先生はひどい目に遭《あ》ってるからなあ」

山本も苦笑する。

「おとなしそうな顔して、破天荒《はてんこう》な子だから。イチャイチャで満足してくれればそれもよしと……食べますか？」

フランクフルトを差しだされたが、浩之は丁寧《ていねい》に断った。

破天荒……。

その言葉が正確かどうかはよくわからないが、浩之の受けもっているクラスの中で、波留はいちばん手のかかる生徒だった。

出会いは三年前の春、彼女が十六歳のときだ。男女ともヤンキーか、それに準ずる不良崩《くず》れ、あるいは極端に内向的な元引きこもりかその予備軍という生徒たちの中で、波留は浮いていた。髪は黒く、ひどく無口で、どことなく思慮《しりょ》深そうな雰囲気《ふんいき》があったのだが、とんでもなかった。

校内ではおとなしいのだが、学外ではトラブルばかりの問題児と言っていい。万引きや飲酒で補導されたのは一度や二度ではなく、会社の寮から黙っていなくなって捜索願いを出されたり、年をごまかしてキャバクラで働こうとしたり、校則の厳しい全日制の高校に通っていたら、軽く十回は退学になっていただろう。

極めつけは去年の夏の事件である。

ある日、粗大ゴミ置き場で拾ったというギターを担《かつ》いで登校してきた波留は、その一週間後くらいに繁華街《はんかがい》で路上ライブを始めた。ひとりでやっているというから、たいした度胸だと感心したものだ。

ギターは覚えたてだし、歌だってたいしてうまくないというのは、クラスメイトの証言だが、それでもけっこう人が集まっていたという。波留には人の目を惹《ひ》きつけるなにかがある。華があるわけではない。孤独な女戦士を彷彿《ほうふつ》とさせる、なんとも言えない悲壮感があるのだ。彼女がうつむいてボソボソと歌っていれば、つい足をとめてしまいたくなる気持ちはよくわかった。

しかし、そうなると筋の悪い連中にからまれるようなことが勃発《ぼっぱつ》する。相手は地まわりだったにもかかわらず、波留は頭もさげなかったし、ギターケースに放り投げられた小銭も渡さなかったらしい。

結果、やくざに監禁された。

連絡を受けた浩之は彼らの事務所に飛んでいったが、相手は暴力を生業《なりわい》にする輩《やから》である。警察に連絡をしたほうがいいか、そうするとよけいに話がこじれてしまうのか、判断できなかった。夏休み中の深夜だったので、山本をはじめとする同僚教師たちに連絡するのもはばかられた。

浩之はもちろん、やくざと対峙《たいじ》したことなどなく、腕に覚えもなかったので、自転車を漕《こ》ぎながら冷たい汗を流しつづけた。やくざの事務所は繁華街の暗い路地裏にある雑居ビルの一室で、呼び鈴を押すとき、恐怖のあまり全身に鳥肌が立ったことをよく覚えている。

幼児ならひきつけを起こしてしまいそうなほど、緊迫感に満ちた状況が待ち受けていた。

やくざたちは凄《すご》んでこなかったし、怒鳴《どな》ってもこなかった。太い唇を引き結んでいるだけで恐ろしいのがやくざだった。

そんな連中を向こうにまわし、声を荒げていたのは波留のほうだ。

「どうして道で歌っちゃいけないんですか？　道は誰のものでもないでしょう？　歌ったら殴《なぐ》るんですか？　それとも殺すんですか？　だったら殺せばいいじゃないですかっ！」

無口な彼女がそんなにしゃべっているのを初めて見た。

あとから聞いた話では、相手も未成年の路上パフォーマーから金をとるようなことは考えていなかったらしい。波留の態度があまりにも生意気だったので、からかい半分で事務所に連れこんだという。脅《おど》した相手が震《ふる》えあがれば、それで満足するのがやくざという生き物なのである。

しかし、波留は震えあがらなかった。逆に噛《か》みついた。総毛を逆立《さかだ》てた猫みたいだった。波留の剣幕《けんまく》がおさまらないので、奥にいたいちばん怖そうな顔をしている男がゆっくりと腰をあげた。恐ろしいことが起こると思った。浩之はパニックに陥《おちい》りそうになった。

「やっ、やめろ……」

情けないへっぴり腰で波留にしがみつくと、

「先生は黙っててっ！」

怒声とともに睨《にら》みつけられ、次の瞬間、浩之は下半身が生温かくなっていくのを感じた。失禁してしまったのだ。グレイのズボンの股間にシミがひろがっていき、裾《すそ》からポタポタと小便がしたたっていくと、怖そうな顔をしたやくざがプッと噴きだして、その場にいた全員が腹を抱えて笑いはじめた。波留まで笑っていたのだから、ひどい話だった。

結局、何事もなく解放されたからよかったものの、浩之の自尊心はしたたかに傷つけられた。

「ありがとう、先生。おしっこ漏《も》らすほど怖かったのに、わたしのこと助けにきてくれたんだね。誰にも言わないから安心して」

帰り道、波留はそう言っていつになく楽しそうに笑っていた。学校でみんなに言いふらしたら、首を絞《し》めてやろうと思った。

2

そんな波留も、今年でようやく四年生。

あと一年で卒業だ。

もちろん波留だけではないけれど、浩之がこの町にやってきて初めて受けもった生徒たちだから、卒業式はさぞや感慨《かんがい》深いものになるだろう。

浩之は三十歳、東京生まれ東京育ちで、大学卒業後に勤めた高校は母校だった。山手線《やまのてせん》の内側にある私立の有名進学校だ。家族は喜び、友達には羨《うらや》ましがられたが、ひどく窮屈《きゅうくつ》だった。テストテストで生徒たちを追いこみ、わずかな偏差値の上下に一喜一憂《いっきいちゆう》しているのを見ていると、胸が苦しくなった。浩之自身、あまり疑問もたずそういう青春を送ってきたわけだが、同じことを生徒に押しつけるのが嫌《いや》で嫌でしようがなかった。

おそらく、資質の問題だろう。進学校の生徒には向いていても、教師でいることには向いていなかったらしい。

「だったら、思いきって田舎に移住してみない？」

妻に相談すると、そんな突拍子《とっぴょうし》もない答えが返ってきた。

「わたしもね、人混みばっかりの東京で暮らしてるの、最近なんだか疲れてきちゃった」

妻の知永子《ちえこ》も東京出身だったので、移住先にあてがあったわけではない。一年かけてあちこちに旅行し、東北の海辺の町に引っ越してきた。コネもツテもなく、夫婦ふたりが純粋に気に入った土地だった。

定時制とはいえ、高校の教員として採用されたのはラッキーだったとしか言い様がない。複雑な事情を背負い、日が落ちてから登校してくる生徒たちと対峙するのは生半可なことではなかったけれど、浩之は移住してきてよかったと思っている。

青くさい考え方かもしれないが、偏差値アップのスキルを教えるより、人間を育ててみたかった。生身の生徒たちとぶつかることで、自分も成長したかった。やくざの事務所で失禁するのは二度とごめんだが、波留のような生徒を切り捨てない現在の学校なら、充実した教師生活が送れそうだった。

「しかし、何度来てもすごいところだなあ」

山本が十年落ちの軽自動車を運転しながら言った。道が悪いのでやけに揺《ゆ》れる。フリーマーケットの帰り、浩之はクルマで送ってもらっていた。

「地元の人間なら、こんなところ絶対住まないね」

「みんなに言われるよ」

浩之は苦笑した。民家などほとんどない、うねうねした海沿いの道を進んだ先に小さな岬《みさき》のようになっているところがあり、浩之の自宅はそこに建っている。二階建てのさして大きくもない家だが、北欧《ほくおう》風の洒落《しやれ》た造りで、二階のリビングから太平洋が一望できた。なにしろ岬の突端だから、水平線が視界に入りきらないほどの絶景だ。この町に移住してきた決定打が、この物件だった。築二十年の中古ながら、建物はしっかりしていた。おまけに土地が異様に安く、東京なら中古マンションも買えない値段で売りだされていたのである。

海に近いと塩害があるし、暴風雨をもろに受けるから、地元の人間が住もうとしないのは事実だった。しかし、都会から自然を求めてやってきた移住者にとって、サッシャクルマやエアコンの室外機が錆《さ》びることより、暴風雨の夜を震えて過ごさなければならないことより、景観が大事だった。朝陽が昇る海を見ながら朝食を食べ、休日の昼間には寄せては返す波を眺めながらビールを飲める生活が送れるのであれば、たいていのことは我慢できると夫婦で意見が一致した。

「お茶でも飲んでいかないか？」

「いやあ、カミさんが待ってるから」

軽自動車で去っていく山本を見送ると、浩之は家に向かう石段を昇った。三十段はあるから、けっこうきつい。足腰を鍛《きた》えておかないと老後には住めないと思いながら玄関を開け、再び二階に続く階段を昇る。

息があがっていても気にならなかった。この家に住んでもう四年目になるが、いまだに感動してしまう。毎日が感動なのだ。塩害なんかに負けてたまるか。

大海原《おおうなばら》をパノラマで見渡せるリビングの光景に、疲れが吹き飛んでいく。

「お帰りなさい」

知永子がキッチンから出てきた。

「すぐにごはんにする？」

「いや、フリーマーケットで生徒たちにけっこう食べさせられてさ」

「お酒は？」

「ワインがいい」

「あら、気が合うわね」

知永子は微笑し、冷蔵庫から冷えた白ワインを取りだした。ふたりの間で、ワインを飲むというのは、がっつり飲むということだった。ビールなら軽く。他の酒はあまり飲まない。

知永子は三十六歳。浩之より六つ年上だ。男が六つ上のカップルなど珍しくもないが、女が六つ上となるとよく驚かれ、からかわれることも多かった。中には真剣にとめてくる友達もいた。結婚を決めたとき、浩之がまだ、大学を出たばかりの二十二歳と若かったせいもある。

「いまはいいかもしれないが、女は四十超えると容姿がかなり急激に劣化《れっか》するよ。おまえが男盛りの四十四のとき、向こうは五十路《いそじ》だぜ。やめとけ、やめとけ。抱けるわけがない」

もちろん、浩之の決意は揺るがなかった。二十年以上先の性生活を心配して愛する女を手放すなんて、馬鹿げているとしか言い様がない。だいたい、たとえ年下の女と結婚したとしても、結婚して二十年も経てば、セックスへの欲望が薄らいでしまうのが夫婦というものではないだろうか。

「乾杯《かんぱい》」

グラスを合わせ、冷えた白ワインを口に運んだ。いい気分だった。

知永子と結婚しなかったら、こんなに豊かな休日を過ごすことはできなかっただろう。テレビはつけていないし、音楽もかけていない。潮騒《しおさい》に耳を傾《かたむ》けながら、日暮れゆく海をぼんやりと眺めているのは至福である。たとえ会話がなくても、気まずくはならない。美しい時間を共有している実感があるからだ。

知永子は移住先を決める条件の第一として、海があるところがいいと言った。べつに沖縄《おきなわ》みたいな綺麗《きれい》な海じゃなくていいのよ。でも、山じゃなくて海。川よりも海。見ているだけで癒《い》やされるもの。

浩之も同じ意見だった。都会に生まれ育った者にありがちな願望かもしれないが、ふたりともその条件だけは譲《ゆず》るつもりはなかった。

3

けっこう飲んでしまった。

お好み焼きだの豚汁だので腹いっぱいになっていたはずなのに、知永子が出してくれた魚のマリネがおいしくて、白ワインのボトルはあっという間に空《あ》いてしまった。陽が暮れるタイミングで赤ワインを抜くと、今度は牛頬肉《ぎゅうほほにく》の赤ワイン煮が出てきてそれもまた美味だった。

知永子はもともと料理がうまかったが、こちらに移住してきてからいっそう腕に磨《みが》きがかかったようだ。浩之は普段の夕食が学校給食だけに、夫婦揃ってのディナーに気分もあがっていった。舌鼓《したつづみ》を打ちながらワイングラスを傾けていると、瞬《また》く間に二本目のボトルも空いてしまった。

さすがに飲みすぎかもしれないと思ったものの、そのわりに酔《よ》っていなかった。どうやら、ピッチが速かったのはこちらではなく、知永子のほうらしい。酔うまで飲まないのがいつもの彼女なのに、よく見れば色白の顔がほんのりとピンク色に染まっていた。

「話があるの」

不意に切りだされ、

「えっ……」

浩之は身構えた。

「なんだよ、あらたまって……怖いなあ」

「どうかしら？」

知永子は口の端に笑みを浮かべた。その笑みが乾いた嘲笑《ちょうしょう》のようなものだったので、浩之は本格的に身構えた。

いつもの彼女と様子が違った。そもそもシリアスな話があるなら、酒ではなくコーヒーを出すのが知永子という女なのである。理知的なのだ。

そんな彼女が、酔わなければ切りだせない話となると……。

「わたしたち、もうずいぶんしてないんじゃない？」

セックスのことを言っているのだと気づくまで、時間はかからなかった。気づいた瞬間、いままでのいい気分が台無しになった。

「浩之くん、どう思ってる？　べつにこのままましなくていいっていうか、そういう感じ？」

「そんなにしてないかね……」

指折り数えてみる必要はなかった。最後にしたのが、去年のゴールデンウィークだ。ふたりで温泉旅行に行った。知永子が格安クーポンを貰《もら》ったとかで、露天風呂《ろてんぶろ》つきの豪華な部屋に泊まった。誰はばかることなくのんびりと温泉に浸《つ》かり、ふかふかの布団《ふとん》に横になると、自然とスキンシップが始まった。それからしていない。つまり、きっちり一年間、セックスレスというわけだ。

「こっちに引っ越してきてから、回数が激減したよね……」

長い溜息《ためいき》をつくように、知永子が言う。

「東京にいるときは、もっとしてたじゃないの」

「それはあれだよ……新しい環境に馴染《なじ》むために、お互い一生懸命だったというか……しかたがないんじゃ……」

東京の進学校から地方の定時制高校へ移った浩之も大変だったが、知永子はそれ以上に大きく人生を方向転換させた。

彼女は東京で、大学の講師をしていた。専門は社会学。将来を嘱望《しょくぼう》された学者の卵だったにもかかわらず、この地に引っ越してきて、ひとりで小さなスイーツショップを始めた。町おこし事業の一環として、地元の人間を巻きこんで名産品を使った商品をつくりあげ、着実に成果をあげている。もともとバイタリティにあふれているタイプだったが、一時は睡眠時間も削《けず》って頑張っていた。

とはいえ、セックスレスになってしまったのは、忙しさが本当の理由ではない。結婚して八年、恋人同士だった期間を含めれば九年近く一緒にいて、飽《あ》きてしまったというのも少し違う。

男はよく、家族になってしまったことを性欲減退の言い訳にするが、子供がいないせいもあり、浩之は知永子のことをそんなふうには思っていない。恋人時代から変わらず、この世でただひとり、愛している「女」だ。

それはまた、知永子の努力の賜物《たまもの》でもある。家の中だからといってだらしない格好は絶対にしない。ジャージでいるところなんて見たことがない。外に行くときにデニムを穿《は》いても、家の中ではたいていフェミニンなスカートだし、薄化粧ながらメイクにだって手を抜かない。

綺麗だな、と思う。出会ったころからスタイルは変わらないし、顔に至っては年々美しさに磨きがかかっているようにも思える。毎日海を見て感動するように、こんな綺麗な妻をめとれて幸せだと思わない日はない。

「言いたいことがあるなら、はっきり言ってもらえないかしら」

知永子は珍しく弱気な表情で訊《たず》ねてきた。

「わたしは恥《はじ》を忍んで言いました。このままセックスレスなのは、耐えられません。してください。結婚した以上、セックスするのは義務だと……」

「わかった、わかった」

浩之は苦笑まじりに遮《さえぎ》った。このましゃべらせておくと、知永子が泣きだしてしまいそうな気がしたからだ。いつも強気な彼女がネガティブな涙を流す姿を、目《ま》の当《あ》たりにするのはつらい。

「こっちだってべつに、したくないわけじゃないんだ。だけど、一緒に住んでいるとタイミングがね……知永子さんと飲んでるのが楽しいから、つい飲みすぎて眠くなったり……まあいいや。そんなにしたいなら、いまからしようじゃないか」

知永子は言葉を返さず、じっとりした眼つきで睨んできた。

「なんだよ?」

「そういう言い方、傷つく」

「じゃあ、どうしろっていうんだよ」

浩之は困惑《こんわく》顔で両手をあげた。

「やさしくして」

柄《がら》にもない妻の台詞《セリフ》に鼻白みそうになったが、浩之は歯を食いしばって立ちあがった。しらけた態度をとってしまえば、関係修復に時間がかかる。知永子はただでさえ、セックスレスに苛立《いらだ》っている。居心地のいい家庭環境を守るためには、こちらが折れたほうがいい。

「ベッドに行こう」

知永子の双肩を後ろからさすった。

「えっ？　いきなり……」

「ぐずぐずしてると、飲みすぎて眠くなる。思い立ったが吉日《きちじつ》だよ」

「そんなに慌《あわ》てなくても……」

「いいから、いいから」

浩之は笑顔で知永子の手を取り、寝室に向かった。もちろん、顔で笑って心で泣いていた。

セックスレスの理由ははっきりしている。

ベッドの上で、知永子が自分の流儀を決して崩さないからだ。

自分がリードしないと気がすまないタイプであり、浩之が求めることはことごとくNGばかり、十年一日《いちじつ》のマンネリセックスを是《ぜ》としていては、食指が動かなくなってもしかたがないというものではないか。

4

そうなってしまった原因を考えるためには、ふたりの出会いまで時間を巻き戻さなければならないだろう。

知永子は、浩之が通っていた大学の講師だった。知永子がやっていたマーケティング理論の講義を受ける学生として、浩之は将来の妻に出会ったのである。誰にも言っていないけれど、在学中から付き合っていた。禁断の関係だ、言えるわけがない。

講義を受けたのは四年生のときだが、知永子の存在自体は三年のときから知っていた。すこぶる美人の講師が出現したと学生たちの間で噂《うわさ》になっており、知永子はその噂が満更《まんざら》でもない態度でキャンパスを闊歩《かっぽ》していた。

小顔にはっきりした眼鼻立ちで、美人なことも美人なのだが、衣服がいつも派手だった。真っ白いスーツや、原色の混じりあったワンピースなど、他の講師なら絶対に着ないような服をよく着ていたし、背が低いのを隠すためか、十センチくらいありそうなハイヒールを履《は》き、やたらと背筋を伸ばして歩いていた。

宮殿で飼われている高貴な猫が、不機嫌さをもてあましている感じとでも言えばいいだろうか。ツンと澄《す》ました態度が板についていた。小柄でも乳房が大きかった。着衣の上からでも巨乳であることがはっきりとわかった。

そういうタイプは女子には嫌われるが、男子には好まれる。三年次、巨乳の美人講師が受けもちと知らず講義をとった男子学生は狂喜乱舞《きょうきらんぶ》したが、講義の内容が厳しかったらしく、夏前にはほとんどが意気消沈していた。脱落する者も後を絶たなかった。知永子の講義はたった一年で、学内でもっともハードルが高い講義のひとつに数えられるようになった。

四年にあがった浩之が知永子の講義をとったのは、下心からではなかった。単位のためだけに腑抜《ふぬ》けた講義に参加するより、ひいひい言うほど勉強させられる講義をひとつくらいとっておいたほうがいいと、真剣に考えた結果である。

とはいえ、すぐに後悔した。レポートの提出が他の講義のゆうに三倍はあった。読みこまなければならない論文の量も膨大《ぼうだい》で、このままでは夏前に脱落してしまいそうな予感がした。

風薫《かお》る五月、キャンパスは初夏の陽気に浮かれており、同級生たちは学生生活最後の一年を謳歌《おうか》することに余念がない。そんな中、薄暗い図書館に引きこもり、眠気を誘う論文と向きあっているのはかなりつらい。笑顔の青春を背中で断ち切り、なんとか図書館に辿《たど》りついても、結局ほとんど人がやってこない奥のソファで、惰眠《だみん》をむさぼっていることも珍しくなかった。

「なにやってるの?」

うとうとしていると、声をかけられた。知永子だった。シーブルーというのだろうか、眼が覚めるほど青い色のワンピースを着ていた。

「す、すいません……」

浩之はあわてて姿勢を正した。てっきり叱《しか》られるのかと思った。もしかしたら、いびきをかいていたのかもしれないし……。

ところが、知永子はクスクスと笑いながら隣に腰を下ろしてきた。彼女の笑顔など、初めて見た気がした。口の端を歪《ゆが》めるだけの皮肉な笑みなら講義のときによく見ているが、そのときはドキリとするほど無防備に笑っていた。

「うちの講義、大変?」

「そりゃあ、まあ……」

浩之は苦笑するしかなかった。何度かレポートを提出していたが、及第点を貰ったものはひとつもない。

「でも、途中で脱落しないでね。きみには最後までいてほしい」

よく意味がわからず、曖昧《あいまい》な笑顔しか返せなかった。知永子はそれ以上なにも言わなかった。ただ黙って座っていた。彼女が着ているワンピースは色が鮮《あざ》やかなだけではなく、体にぴったりとフィットしていた。眼のやり場に困るほどボディラインが露《あら》わで、とくに砲弾《ほうだん》状に迫《せ》りだしたふたつの胸のふくらみには、息を呑《の》まずにいられなかった。

さらに匂《にお》いだ。

シャンプーの残《のこ》り香《が》だろうか、つやつやした長い黒髪から、なんとも言えないいい匂いが漂《ただよ》ってきた。嗅《か》いだことがない匂いだった。シャンプーの残り香や香水だけではなく、大人の女のフェロモンが混じっているようだった。

むらむらしてきた。浩之は異性に免疫《めんえき》がなかった。はっきり言って、まだ一度も女と付き合ったことがない童貞だった。むらむらをやり過ごす術《すべ》を知らず、気がつけばズボンの前が苦しくなっていた。

「まあ」

知永子はもっこりとふくらんだ股間を見て、眼を丸くした。浩之はなんとか両手で股間を隠したものの、恥ずかしいやら、気まずいやら、顔を真っ赤にして震えていることしかできない。終了のチャイムが聞こえた。頭の中で鳴ったのだった。知永子は呆《あき》れた顔をしていた。二度と講義には出席できないだろうと思った。

「いやらしいこと考えてたの？」

浩之は必死で首を横に振った。首はかろうじて動いたが、声までは出なかった。言い訳もできないことに腹を立てたらしく、知永子は浩之の頬をつねってきた。ぎゅっとやられたので痛かったが、どういうわけか痛さが心地よかった。

「謝りなさい」

睨まれても、声が出てくれない。いや、頑張れば謝罪の言葉くらい言えただろう。頬から手を離してほしくなかったのかもしれない。

「どうして謝らないの？」

もう片方の頬もつねられると眩暈《めまい》がした。痛みに気が遠くなりそうなのか、心地よさに昇天してしまいそうなのか、もはやよくわからない感じだった。

そのまま長い時間が過ぎた。実際には一分にも満たなかったろうが、浩之には一時間にも二時間にも思えた。

「眼をつぶりなさい」

言われた通りにした。視界が真っ暗になると、にわかに恐怖がこみあげてきた。知永子は双頬をつねったまま動かない。頬も痛いが、それ以上に息が苦しい。

不意に知永子の手が顔から離れた。つねられるのではなく、女らしい薄い手のひらで双頬を挟まれた。次の瞬間、唇になにかがあたった。

眼を開けると、知永子の顔がすぐそこにあった。キスをされたのだ。童貞の浩之は、キスもまた経験したことがなかった。

「脱落したら許さないからね」

知永子は怒った顔で言い残すと、ハイヒールの足音を高らかに鳴らし、悠然《ゆうぜん》とその場から去っていった。知永子の後ろ姿を見送った浩之は呆《ほう》けたような状態に陥り、しばらくの間、その場から動けなかった。

意味がわからなかった。

なんとか立ちあがっても、天井がぐるぐるまわっていた。混乱のままに図書館を飛びだし、声をかけてくる友人たちを振りきって自宅に帰った。住んでいたのは実家だった。リビングで母親と小六の妹がテレビを観ながら笑い転げていた。

「お兄ちゃん、ケーキあるよ」

妹に声をかけられたが、きっぱりと無視して二階に向かい、自室のベッドにもぐりこんだ。

大学から自宅まで電車と徒歩で約四十分。その間、ずっと勃起していた。隠すのが大変だった。いくらなだめようとしても硬くなっていくばかりで、全身の血がそこに集中しているのか、何度となく激しい眩暈に襲《おそ》われた。

布団の中で自慰《じい》をした。すぐに出た。一度ではおさまらず、すぐにもう一度しごきだした。知永子の匂いを思いだしていた。青いワンピースが露わにしていたボディラインは、思いださなくても脳裏《のうり》にくっきりと焼きついていた。

三度たてつづけに放出すると、いったん興奮はおさまった。しかし、冷静になったところで、やはり意味がわからなかった。

どうしてキスなんかされたのだろう？

それも怒った顔で……。

まさか……。

こちらに気があるのだろうか？

笑ってしまうくらい、あり得ない話だった。講師と学生という身分違いのせいだけではない。人間としての格が違う。知永子はモテる。具体例は知らないが、あの自信満々な態度はモテる人間特有のものだ。

少々勉強ができるくらいで、女はあれほど美しく輝けない。不特定多数からの人気だけが女を美しく磨きあげるという法則は、競争原理を導入しているアイドルグループを見ていればよくわかる。

浩之はモテなかった。というより、モテたいという欲望があまりなかった。恋愛を否定しているわけではないが、いまのところ片思いで充分だった。片思いに関して言えば、浩之は恋多き男だった。中学生からいままで、相手を切らしたことがない。なんなら二股をかけたこともある。

それぞれタイプは違ったが、共通しているのは、好きになった相手で自慰をしないということだった。好きな女を思い浮かべて、ひとりきりの暗い快楽に淫《いん》するのは、相手を穢《けが》してしまうようで嫌なのだ。

しかし、知永子を想像するといくらでもオナニーできた。一日に二度も三度も放出し、時には四度、五度と痛くなるまでしごき抜いた。

問題は、知永子を抱いているところを想像できないことだった。もちろん想像しようとするのだが、途中で勝手にイメージが変わってしまう。自分の頭の中にもかかわらず、抱きしめようとした瞬間、いつだって別の男に取って代わられる。

大人の男だ。知永子と釣《つ》りあいのとれた、モテモテの……。

具体的な容姿はＡＶ男優だったりするのだが、節《ふし》くれ立った男らしい手で、まずは青いワンピースの上から巨乳を揉《も》みくちゃにする。あえぐ知永子から服を剝《は》がし、下着姿にしてしまう。

あれだけ服装にこだわりがある彼女だから、下着だって凝ったものを着けているに違いない。ハーフカップとかハイレグとかスケスケの生地とか、見ただけで男の理性を打《う》ち砕《くだ》くようなエロティックな高級ランジェリーで、凹凸《おうとつ》に富んだグラマーなボディを飾りたてているに決まっている。

節くれ立った男らしい手は、それをも簡単に剝がして、生身の乳房に五本の指を食いこませる。乱暴にやっているようにしか見えないのに、知永子は眉根を寄せて淫《みだ》らにあえぐ。発情していることを男に示すように、左右の乳首をどこまでもツンツンに尖《とが》りきらせていく。

男の魔の手は下半身に向かう。白くむっちりした太腿《ふともも》を左右に割り、敏感な部分を舐《な》めまわし、知永子は小柄な体をエビ反《ぞ》りに……。

その光景を想像すると、浩之はいてても立ってもいられなくなった。

普通のことなのかもしれない。

成熟した大人の女なら性欲があって当たり前だし、ないほうがおかしい。モテる彼女であれば、アプローチは数えきれないはずだ。見るからに好奇心は旺盛《おうせい》そうだし、ということは欲望に素直に生きている可能性も高い。恋を始める前にまずはセックスの相性を確かめてから――そんな発展的な考え方の持ち主であってもおかしくない。ならば……。

キスをすることくらい、知永子にとってはなんでもないのではないだろうか。キスなんてシェイクハンド並みにお手軽なスキンシップであり、勃起した男子学生をからかうのにちょうどいい方法だったのだ。

虚《むな》しかった。

知永子を想像してするオナニーは、他の誰を想像するより激しく興奮したが、事後の虚脱《きょだつ》感が尋常ではなかった。そういうことが毎日のように続くと、次第に彼女に対してネガティブな感情がこみあげてきた。

あのころの浩之にとって、知永子は最高のオナペットであり、最高にムカつく存在だった。もちろん、夫婦となったいまとなっては、口が裂《さ》けてもそんなことは言えないけれど……。

5

図書館でのキスから何週間か過ぎた。

心地いい風の吹く初夏はあっという間に過ぎ去っていき、毎日鬱陶《うっとう》しい雨が続いていた。

その日、浩之は傘《かさ》を盗まれた。大講義室の傘立てに入れておいたら、帰り際になくなっていた。安いビニール傘ではなく、父から譲り受けたイギリス製の大人っぽいアンブレラだった。

ショックのあまり購買部でビニール傘を買うのも忘れ、雨に打たれて駅に向かった。このところ、なんだかツイていない気がした。友達と待ち合わせればドタキャンされ、電車で眠って隣の女子高生に寄りかかれば罵声《ばせい》を浴びせられ、挙げ句の果てにはこの仕打ち……。

ミソのつきはじめは、間違いなく知永子だった。あの女にからかわれたせいで、すべての歯車が狂ってしまったのだ。本当に腹が立つ。

逃げたと思われると癪《しゃく》なので、講義には欠かさず出席しているけれど、眼が合っても完全に無視された。まるでキスなどなかったように。あの程度の出来事は、記憶にとどめる価値もないと言わんばかりに……。

ファーンと後ろからクラクションを鳴らされ、浩之は我に返った。赤信号を無視して横断歩道を渡ろうとしたわけではない。路肩に停まったミルク色のワーゲンビートルが、ウインドウをさげていく。

「乗ってけば？」

知永子だった。

浩之が言葉を返せないでいると、

「傘がないんでしょう？　乗ればいいじゃない」

もう一度言われた。

助手席に乗りこんだのは、雨に濡《ぬ》れるのが嫌だったからではない。ひと言文句を言ってやりたかったからだ。講師とはいえ、年上とはいえ、モテモテの自信満々とはいえ、人にはやっていいことと悪いことがある。

「どうぞ」

知永子がハンカチを渡してくれた。水色のギンガムチェックだった。意外と可愛《かわい》い趣味だと思ったが、顔を拭《ぬぐ》うと大人の女の匂いがした。

「家どこ？　送っていってあげるよ」

知永子は駅に近づいてもロータリーに入らず、平然と通りすぎた。笑いを嚙み殺しているような横顔に、カチンときた。またからかわれていると思った。若い男を翻弄《ほんろう》することを、この人は楽しんでいるのだ。

なにかいい方法はないだろうか。この美女の皮を被った悪魔を懲《こ》らしめる、したたかな意趣《いしゅ》返しの方法は……。

「家じゃなくてホテルに行ってもらえますか」

浩之は表情を変えずに言った。

「なにを言いだすの……」

知永子が苦笑をもらす。余裕綽《しゃく》々《しゃく》だ。

「ラブホに行ってエッチしようって言ってるんですよ。先生、やりまんなんでしょ？　だからこの前……あんなこと……」

言っている途中で、さすがに気まずくなった。顔をそむけたタイミングで、クルマが地下道に入った。サイドウインドウに映った自分の顔を見てドキリとした。オナニーばかりしているせいだろうか、眼の下に黒々とした隈《くま》ができていて、ひどい人相になっている。

「……すいません」

声が震えてしまった。自己嫌悪に身をよじりたかった。

「クルマ停めてください、降りますから」

「どうして？　いまホテル探してるのに」

「はっ？」

「やりまんのわたしとやりたいんでしょ？　ふふっ、いっそ清々《すがすが》しいほどストレートな誘い文句ね。胸がキュンとしちゃった」

横顔で微笑んでいる知永子に、浩之は戦慄《せんりつ》した。やりまんというのは、自分がもっているボキャブラリーの中で、最高にひどい侮辱《ぶじょく》の言葉だった。なのに知永子は笑っている。たとえ不特定多数の男をセフレにしていても、年下の教え子にやりまん呼ばわりされれば、普通は怒るのではないだろうか。

返す言葉を失っていると、ワーゲンビートルはラブホテルの駐車場へと入っていった。逃げようと思った。先に降りた知永子が助手席のドアの前で待ち構えていなければ、間違いなく走って逃げていただろう。

腕をからめられ、連行されるようにして建物に入った。カツカツと響くハイヒールの足音が、やけに大きくロビーに響いた。ハイヒールを履いていても、知永子の顔は肩の位置にあった。イメージよりずっと小さい。なのに逆らえない。フロントに人影はなく、パネルで部屋を選ぶシステムになっていた。知永子は慣れた手つきで部屋を選び、浩之をうながしてエレベーターに乗りこんだ。

ゴンドラが上昇するGがかかる。知永子はもう笑っていなかった。押し黙ったまま両手を浩之の腕にからめている。

今日の格好は、白地にハイビスカス柄のワンピースだった。赤青黄の艶《あで》やかな花が咲いている。ハイヒールも白で、肌色のストッキングが雨に濡れていた。ワンピースには袖《そで》がなく、梅雨《つゆ》のこの時期肌寒そうなくらいなのに、彼女の体は熱く火照《ほて》っていた。

エレベーターが目的の階につくまで、息苦しくてしかたなかった。四階だったのに十分もゴンドラの中に閉じこめられている気分で、新鮮な空気が吸いたくて酸欠の金魚のように口をパクパクさせてしまった。

しかし、エレベーターから降りたら降りたで、廊下の空気はさらに澱《よど》んでいた。ほんのかすかにだが、女のあえぎ声が聞こえてきた。この建物に足を運ぶ者の目的は、セックス以外にない。そのことを思い知らされた感じだった。

部屋に入ると窓がなかった。昼なのに真っ暗で、ダークオレンジの間接照明が淫靡《いんび》にベッドを照らし、壁や天井には鏡がついていた。いったいなんの目的でそんなものが？　交尾しながら自分たちの姿を眺めろということなのか。

「シャワー使う？」

知永子が腕から手を離し、訊ねてきた。

「わたしは使わない派だけど……つまらないものね、匂いがなくなっちゃうと。石鹸《せっけん》の味がするキスなんて興醒《きょうざ》めよ」

鼓動が怖いくらいに乱れていった。シャワーを浴びても、口を石鹸で洗うはずがない。彼女はいったい、どこにキスをしようとしているのか……。

「どうしたのよ、怖《お》じ気《け》づいちゃって」

知永子の笑顔は、見たこともない種類のものだった。眼が潤《うる》んでいるからだ。笑っているのに、これほど眼を潤ませているなんておかしい。

「自分から誘ったんでしょ？　それとも、やりまんのわたしにリードしてほしいのかしら？」

浩之はうなずいた。無意識にそうしていた。童貞の限界だった。最初の虚勢《きょせい》もどこへやら、こうなってしまえば蛇《へび》に見込まれた蛙《かえる》である。

知永子は笑った。

「素直ね。素直な男は嫌いじゃないな」

足元にしゃがみこみ、ベルトをはずしてくる。

「なっ、なにをっ……」

焦《あせ》った声をあげてみたところで、浩之の体は硬直しきって動かなかった。ズボンとブリーフをめくりさげられた。勃起しきったペニスが唸《うな》りをあげて反り返り、裏側をすべて知永子に見せた。浩之は狼狽《うろた》えた。勃起していることも自覚できなかったほど、頭が混乱しきっていた。自分は本当に、この場で彼女とセックスしてしまうのか……。

「ずいぶん立派じゃない?」

知永子の声がひどく遠くから聞こえた。エコーさえ効いているようだった。

次の瞬間、息がとまった。指がペニスにからみついてきたからだった。すりすりとしごかれた。壁の鏡を見なくても、自分の顔が真っ赤に染まっていくのがわかった。

「ほら、そんなに逃げ腰にならない」

知永子は右手でペニスをしごきながら、左手で浩之の尻を引き寄せた。突きだすような格好になった亀頭《きとう》を、Oの字に割りひろげた紅唇《こうしん》で受けとめた。

「おおおっ!」

生温かく、ヌルヌルした感触に、浩之の腰は反り返った。ペニスを頬張られた瞬間、口から心臓が飛びだしそうになった。衝撃の第一波をなんとかやりすごすと、今度は激しく膝が震えだした。

知永子が頭を前後に振って、先端をしゃぶりあげてきた。ゆっくりと唇をスライドさせては、よく動く長い舌をねっとりとからみつけた。そうしつつ、根元は指でしごいていた。口も指も、決して強い力ではない。だが感じる。快感が液体のようにじわっとペニスに染みこんで、芯《しん》を熱く疼《うず》かせる。

「おおおっ……おおおおおっ……」

声など出したくないのに、出さずにいられなかった。恥ずかしくてたまらなくても、快感が恥ずかしがることを許してくれない。知永子はしゃぶっては舐め、舐めてはしゃぶり、あっという間に勃起したペニスを唾液まみれにした。

見た目もすごかった。

ツンと澄ました顔でキャンパスを闊歩している女講師が、うっとりと眼を細めて亀頭を舐めまわし、咥《くわ》えこんではしゃぶってくる。ＡＶと違ってモザイクなしだ。理知的な美しい顔と醜《みにく》いイチモツとのコラボがどぎつすぎて、頭の中でハレーションが起こった。ぎゅっと眼をつぶると眼尻《めじり》に涙が浮かんできた。

この世に喜悦《きえつ》の涙というものがあることを、浩之はこのとき、生まれて初めて知ったのだった。

6

「ダッ、ダメですっ……もうダメッ……」

浩之は身震いしながら上ずった声をあげた。

「もう出そう？」

知永子が上目遣いで訊ねてくる。

「ううう っ……」

浩之はコクコクと顎《あご》を引いた。射精が迫ってくるほどに、恐怖もまた迫ってきた。そんな経験は初めてだった。すさまじい、意識を失うような、体が爆発するほどの衝撃的な快感が、訪れるような気がしてならない。快感が腰の裏側をざわつかせ、ペニスの芯を疼かせるほどに、予感が確信となって、恐怖の底なし沼に引きずりこまれていくようだ。

「一回、お口の中に出す？」

知永子が悪戯《いたずら》っぽく鼻に皺《しわ》を寄せる。

浩之は息を呑んだ。想像しただけで身震いがとまらなくなった。言葉を返せないでいると、知永子はフェラチオを中断して立ちあがった。

「冗談よ。そんなもったいないこと、できないわよね」

服を奪われた。シャツのボタンをはずしてくれたのも、バンザイしてとTシャツを頭から抜いてくれたのも、膝まで下がったズボンやブリーフを脱がしてくれたのも、すべて知永子だった。まるで子供扱いだったが、浩之は手も足も出なかった。

「ベッドで待ってて」

浩之はおずおずとベッドに向かい、カチンカチンのぎこちない動作で時間をかけてカバーをはずし、糊《のり》の利いたシーツの上に正座した。

「いいのよ、横になってて」

クスッと笑いながらそんなことを言われても、横になんてなれなかった。

知永子が両手を首の後ろにまわしてホックをはずし、ファスナーをさげていく。ワンピースなので、あっという間に下着姿だ。

上下とも薄紫色だった。清楚《せいそ》な色合いだが、デザインがいやらしすぎた。ブラジャーこそフルカップなものの、ハイレグショーツが肌色のパンティストッキングに透《す》けていた。きわどい角度でぴっちりと股間に食いこんで、見ているだけで女の匂いが漂ってくるようだった。

知永子は中腰に屈《かが》むと、ストッキングをくるくると丸めて爪先《つまさき》から抜き、モデル立ちになって浩之を見た。

「どうする？　下着も脱いじゃう？」

浩之は首が折れるような勢いでうなずいた。興奮のあまり、知永子の質問の意図がわかっていなかった。彼女は「下着は脱がせて」と言いたかったのだ。頭に血が昇った童貞に、女心を推《お》し量ることはできなかった。

「じゃあ、後ろ向いて」

言われた通りにした。浩之はもはや、なんでも言いなりになる操《あやつ》り人形のようなものだった。背後から衣擦《きぬず》れの音がした。吐息さえ聞きとってしまうほど、両耳に神経を集中していた。

不意に後ろから抱きつかれ、悲鳴をあげそうになった。着衣の上からでもはっきりとわかる豊満な乳房が、剝《む》きだしで背中に押しつけられていた。あわてて振り返ると、唇を重ねられ、眼を白黒させた。しかも、図書館でしてくれたような軽いキスではなく、いきなり舌が口の中に入りこんできた。

うぐうぐと悶《もだ》えながら、浩之は視線を泳がせた。巨乳が視界に飛びこんできた。驚くほどの迫りだし方で、全体のサイズに比例して乳暈《にゅううん》も大きい。下半身も、チラッとだが見えた。逆三角形の黒い草むらだ。顔に似合わず異様に濃い。

「おおっ……」

声をあげてしまったのは、乳首をくすぐられたからだった。男の乳首が感じるなんて初めて知った。続いて耳や首筋にキスをされた。どこもかしこもひどく感じた。体中が怖いくらいに敏感になっていた。中でも、背中に押しつけられている乳房の量感が生々しくて、叫び声をあげたくなる。隆起全体はプニプニと柔らかいのに、ふたつだけ硬いところがある。乳首だ。乳首が勃《た》っているのだ。

「すごいじゃない？」

知永子はささやきながら、甘い吐息を耳に吹きかけてきた。釣りあげられたばかりの魚のようにビクビクと跳《は》ねているペニスに、いやらしく躍動する指先をからみつけてきた。人差し指が鈴口に触れて離されると、先走り液が粘《ねば》っこく糸を引いた。

「もう欲しい？」

「いや、でも……」

ようやく声が出た。

「あっ、愛撫《あいぶ》っていうか……こっちはまだ、なんにも……」

裸の知永子にむしゃぶりつき、たわわな乳房を揉みしだきたかった。自慰のとき頭の中に割って入ってくるＡＶ男優じみた男のように、乱暴に指を食いこませて、乳首を吸いたてたかった。両脚を割りひろげ、生身の女性器をまじまじと観察してみたかった。ネットの裏画像では見たことがあるけれど、いくら見ても曖昧な形をしていて、どんなものなのかよくわからなかったからだ。

もちろん、見るだけではなく、口づけだってしてみたい。舌を差しだして舐めまわしたい。先ほど知永子は、シャワーも浴びていないペニスを長々としゃぶってくれた。ならばお返しにたっぷり舐め返すのが、礼儀だと思うのだが……。

「いいの、わたしは」

まぶしげに細めた眼で見つめられる。

「されるよりするのが好きなほうだから……愛撫されなくても、すごく燃えてるし……」

右手を取られ、彼女の股間に導かれた。やけにもじゃもじゃした陰毛が指にからみついてきた。びっしりと生い茂《お》《しげ》った草むらは熱帯雨林のジャングルのように熱気と湿気を孕《はら》み、奥に指を伸ばすと濡れていた。耳たぶよりも薄くて柔らかく、くにゃくにゃした部分から、熱い蜜《みつ》がしたたっていた。

「ね」

愛撫なんて必要ないでしょうとばかりに、知永子は浩之の体をあお向けに倒した。ためらうことなく腰をまたぎ、騎乗位《きじょうい》の体勢を整えた。

息を呑んでしまう。

裸の女が自分にまたがっている。高貴な猫のように美しい顔、それにそぐわないほどたっぷりと豊満な乳房、大きな乳暈の中でぽっちりと突起している乳首が卑猥《ひわい》だ。乳房や太腿の肉づきはいいのに腰だけはきっちりとくびれ、まるで蜜蜂《みつばち》のようである。

小柄な彼女が、ひどく大きく見えた。浩之のほうが二十センチ近く背が高いはずなのに……。

ただ、股間のイチモツだけは別だった。自分のものとは思えないほど太々とみなぎり、内側から爆発しそうになっている。知永子がそっと手を添える。尻を浮かし、角度を合わせる。密林と呼びたくなるほど濃い恥毛に隠されて、結合部分は見えない。だが感じることはできる。ヌメヌメした柔肉が、ペニスの先端にぴったりと密着している。

「んんんっ……」

知永子が腰を落としてきた。濡れた柔肉が亀頭をずっぽりと包みこんできて、浩之の息はとまった。

熱かった。けれども、思ったほど締めつけがきつくない。一瞬、入っているのかいないのか、わからなかったくらいだ。

「あああああっ……」

知永子は最後まで腰を落としきると、上体を覆《おお》い被せてきた。口づけをされたので、浩之はなかなか呼吸を再開できなかった。

肩にあたる長い黒髪や、胸にあたる乳房がたまらなく心地よかった。ペニスが入っているのかいないのかは、まだよくわからない。知永子が動きだした。ハアハアと息をはずませながら身をよじり、尻を持ちあげては落とす感じで、性器と性器をこすりあわせてくる。フェラチオの感覚に似ているようでもあり、決定的に違うようでもある。

それでも次第に、内側の肉ひだを感じることができるようになっていった。挿入前にしっかり観察することができていれば、もう少しリアルな結合感が味わえたかもしれない。浩之にとって女性器はまだ未知の世界で、そこに男性器が呑みこまれているという現実感がもてなかった。

「あああっ……はぁああっ……」

淫らな声を振りまきながら腰を振る知永子を、下から抱きしめた。ペニスを意識しつつも、両手が届く範囲にもさまざまな誘惑物があった。タプタプと揺れている乳房を揉んだ。蕩《とろ》けるように柔らかく、この世のものとは思えない揉み心地がした。乳首を吸えば、後頭部がチリチリ焦《こ》げていくような興奮を覚えた。

「あああっ、いやっ……いやあああっ……」

知永子の動きが激しくなってくると、ようやくセックスをしている実感が訪れた。女体《にょたい》をペニスで貫《つらぬ》いているというより、一体になっている実感だ。知永子が動くたびに、得も言われぬ快感がこみあげてきた。自分の手でしごくよりずっと微弱な刺激なのに、抜き差しならない心地よさがある。他のものでは代わりが務まらない唯一の器官に、自分はいま、たしかにペニスをおさめている。

「あああーっ！」

不意に知永子が甲高《かんだか》い声をあげ、のけぞるように上体を起こした。眉根を寄せたいやらしい顔つきで、激しく腰を振りたてはじめた。豊かな乳房を上下に揺れはずませながら、股間を前後に動かしてきた。

熱狂が訪れた。

そこから先は、よく覚えていない。

ベリィダンスでも踊るように腰を振りたてる知永子を見上げながら、浩之は石のように固まっていた。

動けないのに体温だけはぐんぐんと上昇していき、気がつけば顔中にべっとり汗をかいていた。瞬きも呼吸も忘れて首に何本も筋を浮かべ、頭の先から爪先までをピーンと突っ張っていた。全身がペニスになってしまったような感覚だった。

「中で出していいからね」

あえぎ声の隙間に、知永子が言った。

「大丈夫だから……大丈夫な日だから……」

なにが大丈夫なのかよくわからないまま、浩之はうなずいた。踊る知永子に翻弄されながら、射精まで一気に導かれていったのだった。


すべてが終わっても、浩之はあお向けの状態から抜けだせなかった。

横から知永子が寄り添っていた。頬や肩にキスをされたが、反応できずにただ呆然《ぼうぜん》としていた。童貞を喪失したのだ。呆然とするのも当然だったが、男になったとか、大人になったとか、素直に感激できなかった。

理由ははっきりしている。

好きだか嫌いだかよくわからない相手と、なりゆきで寝てしまったからである。なりゆきにもかかわらず、涙を流すほどの快感を味わってしまったのである。若かったせいもあるが、浩之はまだ勃起していた。もう一度したかった。だが、これは愛なのか、それともただの性欲なのか、判断しかねていた。ただの性欲なら、やめておくべきだった。一度射精したことで、欲望のままに振る舞うことを恐怖する程度には、冷静さを取り戻していた。

「わたし……やりまんじゃないよ……」

耳元で知永子がささやいた。

「彼氏いない歴、三年。経験人数ふたり。告白もしてくれない男と寝たのは、正真《しょうしん》正銘《しょうめい》いまが初めて……やりまんじゃないよね？」

言葉を返せなかった。

「でも、悪い女かもしれない。うん、悪い。講師のくせに学生のこと好きになって、どさくさにまぎれてこんなことしちゃって……」

知永子が眼尻の涙を拭った。先ほどまで、男の上で腰を振りまくっていた彼女と、同一人物とは思えなかった。

「でも、できれば佐倉くんにも、わたしのことを好きになってほしい。わたしが好きなのと同じくらい……ダメかな？」

浩之はやはり、言葉を返せなかった。

しかし、翌日から毎日、知永子とふたりきりで会うようになった。ラブホテルにはもう行かなかった。週に一、二回のペースでひとり暮らしの彼女の部屋を訪れ、体を重ねた。

彼女に好きだと言われた瞬間、救われた気がした。自分も彼女のことが好きだったのだと、素直に認めることができた。ずいぶんと都合のいい思考回路ではないか、ともうひとりの自分が言っていた。

錯覚《さっかく》かもしれないが、そうではないと思いたかった。欲望だけで童貞を喪失したのではないと……。

大学を卒業すると、愛が錯覚ではないことを証明するために、結婚することにした。今度は浩之からプロポーズした。知永子は涙を流して喜んでくれた。浩之も泣いた。ふたりで抱きあって泣きじゃくった。

やはり、錯覚ではなかった。自分はこの女をたしかに愛している。あのときの体が震えるような感動は、いまなお忘れることができない。

第二章　あやまちの夜

1

浩之は眼を覚ましてベッドから抜けだした。体の感覚がいつもと違った。なんとなく重怠《おもだる》い。

知永子はキッチンで鼻歌を歌いながら料理をしていた。

「あら、おはよう」

「ああ……おはよう」

笑顔を交わしながらも、浩之は胸底で溜息をついた。本当に鼻歌なんて歌うものなんだな、と思った。あるいはわざとだろうか。夫の務めをきちんと果たしてくれるなら、わたしはいつだってご機嫌なのよというアピールか。

昨夜は久しぶりに夫婦生活を営《いとな》んだ。

ベッドでの知永子は相変わらずだった。自分がリードして、自分が上になって腰を振る。それ以外のやり方は受け入れてくれない。浩之はもう諦《あきら》めている。言ったところで険悪なムードになるだけだからだ。

たとえば、フェラチオはOKでも、クンニリングスはNGだったりする。おかげで浩之は、彼女の黒々とした陰毛の奥にあるところを、いまだに見たことがない。騎乗位以外の体位も基本的にNGで、浩之がやりたがれば正常位には付き合ってくれるのだが、あからさまに気のない反応になる。相手がそれでは面白くないので、結局はまた元の騎乗位に戻る。

人の個性がそれぞれのように、性生活もそれぞれだとは思う。誰もがAVのように、フルスペックの愛撫、フルコースの体位を楽しんでいるわけではなく、夫婦の数だけやり方があってもおかしくない。

浩之にしても、最初のころは知永子のやり方で充分に満足していた。セックスに対して特殊な趣味があるわけでも、人並み外れた情熱をもちあわせているわけでもなかったので、パートナーの気持ちを優先したほうがいいと、ごく普通に考えていた。

しかし、あまりにワンパターンでは、食指が動かなくなってもしかたがないというものではないか。

たまには自分がリードしたい、と浩之は思う。そういう意志を示しても、鼻で笑われる。知永子にとって、浩之はいつまでもすべてに従順な年下の男の子なのだ。人前では違う。結婚してからというもの、むしろやり過ぎではないかと思うくらい、浩之のことを立ててくれる。

だが、ことベッドマナーに関して言えば、昔からずっと一緒だった。こちらの希望を伝えてみたところで、童貞の筆おろしをしてもらったくせに生意気ね、というわけだ。哀《かな》しいけれど、九年経ってもその力関係を改善することができていない。

良好な夫婦関係を維持するために必要な夜の営みの回数は、いったいどれくらいなのだろう？　年に一度ではさすがに遠ざかりすぎかもしれないが、月に一度は必要だろうか。あるいは週に一度……そうなるとかなりしんどい。

知永子に対し、他に不満はなにもない。それどころか、一緒にいる時間を積み重ねていくほどに、愛情が深まっている実感がある。彼女と出会えたことに感謝しているし、ふたりで過ごす時間は掛け値なしに宝物だとも思う。

しかし、セックスは……。

セックスだけは、もう勘弁《かんべん》してもらえないだろうか。

その日の午前中、浩之は出勤前に山本の家に寄ることになっていた。使っていないデスクトップのパソコンがあるという話をしたら、ぜひ譲ってほしいと頼まれたのだ。

パソコンをクルマに積みこみ、山本の自宅のある高台のマンションに向かった。お互い子なしの夫婦ということもあり、家族ぐるみの付き合いがある。山本は地元出身で、近隣の大学を卒業して教員になった。浩之たちが移住してこなければすれ違うこともない人生を歩んでいたわけだが、同い年ということもあって最初から妙にウマが合った。見知らぬ土地でできた最初の友人であり、ずいぶん助けてもらっている。

「よお、悪いな」

パソコンを抱えて呼び鈴を押した浩之を、山本はパジャマ姿で迎えてくれた。気取らない男だった。家ではパジャマでないとリラックスできないとかで、知永子が一緒でもその格好だ。

配線が苦手という山本にかわり、リビングの片隅にあるテーブルにパソコンを設置し、初期設定を行なった。三年落ちの代物《しろもの》だが、ネットを巡回する程度なら、まだ充分に役に立つ。

「おれは自分のノーパソがあるんだが、こいつが欲しいって言うもんでな」

「ごめんなさい。わざわざすいません」

山本の妻、早百合《さゆり》がしきりに恐縮して頭をさげる。ふたつ結びとエプロンが似合う、可愛い奥さんである。

「いやあ、どうせ使ってないもんですから、気にしないでください」

浩之は眼を細めて笑った。

早百合はひとつ年下の二十九歳。山本の高校の後輩だという。いつ見ても控《ひか》えめで、山本の後ろを三歩下がってついていくような雰囲気がある。山本は亭主関白であることを豪語《ごうご》しているような男であり、家では箸《はし》より重いものは持たないらしい。いまどきそういうタイプも珍しいが、それに付き合っている早百合もまた、珍しいタイプと言える。

「高校の後輩ってことは、当時から付き合ってたの?」

学校に向かうクルマの中で、浩之は訊ねた。

「まあな。こっちが十六、向こうが十五のときだから、もう十四年。腐《くさ》れ縁みたいなもんだよ」

「飽きないかね?」

「そうでもないねえ。向こうはどうかわからんが」

浩之は少し迷ってから、思いきって訊ねてみた。

「いや、その……あっちのほうも？」

「はっ？」

「だから、その……夜の……」

「ああ……」

山本は苦笑した。

「意外に頑張って励《はげ》んでるよ。さすがに毎晩とはいかないが」

「週一とか？」

「いや、二、三回はいける」

本当かよ、と浩之は内心で冷や汗をかいた。もしかすると、三十歳でセックスから遠ざかりたいと思っている自分は、極端に精力が足りないのだろうか。同じ女と十四年も連れ添っている山本が相手では、言い訳のしようがない。

「すごいスタミナだな。尊敬するよ」

「ハハッ、スタミナっていうか、俺はあいつにぞっこんだからね。なかなかいないよ、俺みたいなガラッパチに尽《つ》くしてくれる女なんて」

たしかにそうかもしれない。いや、山本がガラッパチであることを肯定《こうてい》しているわけではない。妻に感謝する気持ちは、男なら誰だってあるだろう。浩之にもある。知永子に感謝しているし、一生大切にしていきたいとも思っている。

しかし、その気持ちが性欲に結びつくかというと、難しい気がするのだ。いややはり、やり方が悪いのだろうか。山本はベッドでも自由奔放《ほんぽう》そうだし、早百合は黙ってそれに従っていそうである。

「どうかしたのかい？　急にそんな話」

「いやね……」

浩之は苦笑まじりに答えた。

「最近さぼり気味だったから、うちのやつに怒られちゃってさ」

「そりゃあよくない！」

山本の声に力がこもった。

「セックスは夫婦の義務だからね。権利じゃなくて義務」

知永子と同じことを言われた。

「少々疲れていても、頑張って励んでおかないと。勉強と一緒で、慣性の法則だよ。いったん遠ざかると、また始めるのが面倒くさい。曜日を決めて、体調整えて、なんならサプリメントのひとつも飲めば、どうにかなるもんだよ。いくらなんでも、まだ枯《か》れるのは早すぎるだろう？」

浩之が言葉を返せないでいると、

「気持ちがいいとかそういう問題じゃないんだ……」

山本は声音をあらためて続けた。

「うちのやつが俺のことを立ててくれてんの、きっちり抱いてやってるからだと思うぜ。週に二、三回もうちで励んでれば、まあ間違いなく浮気の心配はないじゃないか。そういう意味もあるんだよ、夫婦生活には。女は心配性な生き物だからね。男と違って繊細《せんさい》なわけよ」

「……なるほど」

一理あるとは思うけれど、浩之はその意見を全面的に肯定できなかった。たしかに、明るく社交的な山本が夫なら、妻が浮気を心配することもあるかもしれない。しかし、こちらは違う。肉食系とは正反対の性格であることは、知永子だってよくわかっている。浮気の心配をしているのではなく、知永子は単純にセックスがしたいのである。体が快楽を求めているのである。

もちろん、それを満たしてやれなくては、パートナー失格の烙印《らくいん》を押されてもしかたがないのだが……。

2

定時制高校の一日はだいたいこんなふうだ。

生徒たちは午後五時ごろに登校し、授業の前に給食を食べる。校内にある食堂で各自すませて、六時から授業が三コマ。九時からは放課後となり、部活に属している者はそれぞれの部で活動する。

生徒たちが登校してくるのは夕方からとはいえ、教員は午後一時には出勤し、授業の準備をしたり、会議などがある。全日制の教員が放課後にやっている作業を、授業前にやっている感じだ。

その日、浩之は昼食をとっていなかったので、給食の時間が待ち遠しかった。いささか格好が悪いが、まだデスクワークに没頭《ぼっとう》しているまわりを尻目に、五時ぴったりに席を立って食堂に向かった。

浩之は定時制高校の給食の時間が好きだった。食堂は大学の学食のような雰囲気で、席が決まっているわけではないから、他のクラスの生徒も含めて毎日違う顔ぶれと食事ができる。昼間の仕事を終えてきた生徒たちの表情は様々で、和気藹々《わきあいあい》な場合もあれば、元気がない者を励ますときもある。いずれにせよ、素顔の生徒たちと触れあえる貴重な時間なのである。

ところが……。

食堂の前まで来て、足がとまった。廊下の向こうから、波留が歩いてきた。こちらに気づくなりまわれ右をしたが、浩之は見逃《みのが》さなかった。

「おいっ！」

駆け足で近づいていき、顔をのぞきこんだ。ひどく腫《は》れていた。いわゆる青たん——眼のまわりがどす黒くなっていたし、唇も切れている。

「どうしたんだ……」

波留は黙って眼をそらす。こういう場合、波留は貝になる。やくざが相手だと威勢がいいのに、教師が相手だとむっつりと口を閉ざすのだ。

とはいえ、彼女との付き合いも、もう四年目だ。扱い方はわかっている。

「ちょっと来い」

波留の腕を取り、食堂ではなく生徒指導室に入った。六畳ほどの狭い部屋で、まるで警察の取調室のようなところだから、浩之はあまり好きではない。しかし、みんながいる食堂で顔を腫らした生徒と話はできない。

「なにがあったか言ってみなさい」

憤怒《ふんぬ》を押し殺し、低い声で訊ねた。怒っているのはもちろん、波留に対してではない。彼女を傷つけた不届き者に対してだ。

「先生には……関係ないから……」

「心配してるんだ」

言葉はない。

「わかってると思うけど、俺はしつこいぞ。だんまりを決めこんでると、飯食う時間がなくなるからな。ついでに言えば、俺は今日、一コマ目の授業がない。いくらでもだんまりに付き合ってやる」

「……勘弁して」

「なにが勘弁だ。誰にやられたんだ？」

眼をそらす。

「あの彼氏か？　昨日フリマで一緒にいた」

答えない。つまり図星だ。

「どうして殴られた？」

「……ほっといてよ」

「そんな顔になっても学校に来たのは褒《ほ》めてやる。でも、そんな顔にした人間のことを俺は許せない」

学校に来たのは、SOSだろう。浩之をはじめ、教師が放っておくはずがないことをわかっているからこそ、休まずに登校してきたのである。

「いいか、波留……」

浩之は声音をあらためて言った。

「女を殴る男なんて、ロクなもんじゃないぞ。殴ったあと泣いて謝ったって、全部嘘だ。愛情ゆえに殴るなんていうのも嘘っぱちだ。そんなことはあり得ない。眼を覚ませ。難しい話じゃないだろ」

そんなことくらい、波留がいちばんよくわかっているはずだった。

彼女には、継父のモラハラや暴力に耐えかねるあまり、普通の道から外れてしまった過去がある。中学卒業後、家出して一年間を棒に振ってから、定時制高校に入学してきた。継父との関係を心配した浩之は、当時在職していたベテランの生活指導教師の手を借りて、住みこみで働けるお菓子工場に就職させた。実の母は、そういった一連の出来事に無関心を決めこんでおり、波留も母親のことをまったく気にしていなかった。砂漠のような親子関係に、絶句したことをよく覚えている。

波留は仕事ぶりはきわめて勤勉らしく、上司の覚えもいいようだった。しかし、奔放な彼女に寮生活はいささか窮屈だったようで、男をつくっては同棲《どうせい》し、破局になれば寮に戻ることを繰り返して、現在に至る。

すぐにくっついてはすぐに冷めてしまうのが、波留の恋愛の特徴だった。それゆえトラブルも多かった。浩之も一度、巻きこまれたことがある。ストーカー化した男をなだめすかして諦めさせるのは、本当に骨の折れる作業だった。

「……お金」

波留がポツリと言った。

「取られたの……昨日の売上……売れたのわたしの服ばっかりなのに……」

「で、文句を言ったら殴られたのか？」

うなずいた。深い溜息がもれる。せっかく継父の暴力から逃れたのに、付き合う男もＤＶではなんのために実家を出たかわからない。

「まだその男の部屋にいるのか？」

もう一度うなずく。

「寮に戻れ」

首を横に振った。

「どうして？」

「……喧嘩《けんか》した」

「誰と？」

「寮長」

「誠心誠意謝るんだ。人間、誰だってあやまちはある。でも、大切なのは謝って反省することだ」

本当に大切なのは、あやまちを繰り返さないことだが、いまはそこまで言っていられない。寮長は四十代の中年女性で、いささか規則にうるさすぎる嫌いはあるが、人格者だった。浩之も一緒に行って頭をさげれば、なんとか許してもらえるだろう。

「たぶんダメ……」

「なにが？」

「寮長に許してもらえない」

「大丈夫だよ、ちょっとよけいなこと言ったくらいだろ」

「殴った」

「はっ？」

「彼氏が殴っちゃったから……」

浩之は天を仰《あお》ぎたくなった。

3

「どうだ？　いい眺めじゃないか」

窓を全開にすると、眼下に海を見下ろせた。そのアパートは、浩之の自宅から直線距離で一キロほど内陸にあり、高低差が五十メートルほどあった。間近で見る海もいいが、こうして遠くから眺めているとまた違う雄大さを感じる。

「見晴らしは抜群ですよね」

タヌキに似た不動産屋が、眼尻を垂《た》らして言った。

「高台は人気ありますから、早い者勝ちですよ」

「ですよね。いい部屋ですよ、とっても。なあ、どうなんだ？」

浩之はうつむきがちの波留の双肩に手を添え、窓辺に連れていった。初夏に入ろうという季節だった。天気もいいので、風が心地いい。

「先生がいいっていうなら……」

波留はもごもごと口の中で言い、生気なく立ち尽くすばかりだ。まあ、しかたがない。別れた男に対して未練があるのかもしれないし、新しい生活に不安もあるのだろう。

しかし、とりあえず彼女は、この新居に引っ越してくればいい。六畳ひと間に二畳ばかりのキッチンはいささか狭苦しいが、予算の都合で三つ見た物件はどれも似たりよったりだった。あといくつ内見しても、段違いにいいところには巡り会えないだろう。ならば、いちばん見晴らしのいいこの部屋に決めてしまって問題ない。おまけにここは学校にも近い、女の足でも五分くらいで行き来できる。

昨夜は戦争だった。

給食も食べずに学校を抜けだしてお菓子工場の寮長に会いに行き、波留が戻れる可能性を探ったが、カンカンに怒っていて取りつく島もなかった。しかたなく学校に戻り、次善の策を立てた。とにかく、波留を粗暴な男から切り離さなければならなかった。

山本の親戚に不動産屋がいたことを思いだし、お菓子工場勤務の安い給料でも住めるアパートはないかあたってもらった。翌日内見させてもらう約束をし、波留を連れて男の部屋に荷物を取りにいった。暴力を振るわれる恐れもあったが、浩之が別れを諭《さと》してもふて腐れているばかりだった。女にしか手をあげられない腰抜けのようだった。

荷物を引きあげると、波留を自宅に泊めた。急な話だったにもかかわらず、知永子が笑顔で迎えてくれてホッとした。そして今日、波留に半休をとらせ、午前中で引っ越し先を決めてしまうつもりだった。

「実家にも帰れないし、寮にも戻れないなら、ひとり暮らしするしかないだろう。心配しなくても、みんなでフォローしてやる。達也がリサイクルショップをやってるだろう？　あいつに家財を見繕《みつくろ》って持ってこさせよう。食器や雑貨の細々としたものは、紀子の実家の百均で揃えればいい。最初から贅沢《ぜいたく》する必要はない。ひとり暮らしなんて、誰だってそんなものさ」

引っ越しの諸経費は、浩之が全額立て替えてやることにした。

ただの教え子になぜそこまで、とは思わなかった。自分ができることならなんでもやってやろう、と定時制高校の教師になった段階で覚悟を決めていたからだ。金がなければ、貸さなかった。あったから貸してやったまでのことで、それが浩之なりの線引きだった。

波留を殴った男に対してだってそうである。波留によれば、ふたつ年上の二十二歳だという。教え子たちとそう変わらない年齢だ。あの男はあの男で、きっと深い闇を抱えているに違いないから、話を聞いてやりたい、なんとかしてやりたいという思いもある。

しかし、残念ながら、彼は自分の教え子ではないのだ。非情でも線引きしておかないと、自分の教え子さえ守れなくなってしまう。

午後一時。

学校に行き、職員室の自分の椅子《いす》に座ると、どっと疲れが出た。

「どうだった？」

山本がこちらにやってきた。

「ハハッ、なんとか部屋は決まったよ」

浩之は立ちあがって頭をさげた。

「いろいろありがとう。おかげで助かった。とりあえず、今夜から新居に住める。まだ家財がなんにもなくて、布団だけは貸してやったけど……」

「そうか……」

山本はうなずきつつも、複雑な表情をしている。

「……なんだい？」

なにか言いたげな様子が気になった。

「いやね……」

山本は頭を掻《か》きながら言葉を継いだ。

「親戚に不動産屋がいるんで、とりあえず紹介はしたけどさ……昨夜家に帰ってじっくり考えてみたんだよ、本当にこれでよかったのかと……」

「よかったに決まってるじゃないか。ＤＶ野郎と一緒に住んでいるより……」

「いやいや、そっちのやり方に文句をつけたいわけじゃないんだ。そうじゃないけど、彼女みたいなタイプにひとり暮らしは向いているのかなあと思ってね。ああ見えて淋《さみ》しがり屋だろう？　少々まわりと軋轢《あつれき》があったとしても、そういう中で揉まれているほうが、精神的に安定するような……」

「そうかな……」

浩之は言葉を選んで反論した。

「俺には彼女が淋しがり屋には見えないけど……むしろ自由にやったほうがいいタイプだと思う。そもそも、実家の継父にもＤＶを受けていたんだぜ。軋轢なんて甘いもんじゃない。悪い環境からは、とりあえず逃がしてやったほうがいい。誰かの家に転がりこむより、ひとり暮らしで自立した精神を育《はぐく》むほうがずっと重要さ。集団生活なら、学校で充分に学べるわけだし……」

「まあまあ」

山本が苦笑まじりになだめてくる。言葉を選んだつもりでも、つい熱くなってしまったらしい。

「文句をつけたいわけじゃないって言ったろ。俺がそう思うってだけのことで、気に障《さわ》ったなら謝るよ」

「いや、こっちこそ……ムキになってすまん」

頭をさげつつも、浩之は自分が間違っているとは思わなかった。波留がひとり暮らしに向いていないとも思えないし、現実問題として他に選択肢がないのである。

だいたい、波留が淋しがり屋だなんて、見当違いも甚《はなは》だしい。そのひと言に、カチンときてしまった。なるほど、彼女は何度となく恋愛関係でトラブルを起こしている。しかしあれは、男とくっつけば寮から出られるという特典のせいなのだ。その証拠に、すぐに別れてしまう。

波留はまだ、本当の愛なんてなにもわかっちゃいない。盛《さか》りがついているのではなく、餌《えさ》につられてホイホイついていっているだけなのである。

だからまず、自由を経験すればいい。そして学んでほしい。誰かを本気で愛するためには、精神的にも経済的にも自立する必要があることを……。

4

「ずいぶん部屋らしくなってきたじゃないか」

波留の部屋に通された浩之は、室内を見渡して言った。

家族で使うような大きめな黒革《くろかわ》張りのソファ、ガラスのテーブル、江戸指物《さしもの》風の茶箪笥《ちゃだんす》、銀の飾りのついたアンティーク風の姿見……一見ちぐはぐなのは、同級生たちからの貰い物ばかりだからだ。それにしては、まとまっているほうだろう。モスグリーンのカーテンは山本夫婦からのプレゼントで、早百合が縫《ぬ》ったらしい。キッチン用具は、知永子の店から使い古しを調達してきた。炊飯器《すいはんき》や電子レンジなどはまだないが、それらはいずれ自分で買い揃えればいい。

「このソファ、とっても居心地いいの」

波留はソファに腰を下ろし、尻をはずませた。

「大きいから寝られるし、ベッドがいらないもん」

横になり、脚を伸ばす。膝を抱えて丸くなる。部屋着なのだろう、チビTシャツにショートパンツという格好だった。剝きだしの手脚がまぶしく、浩之は眼を細める。

波留がこの部屋に引っ越してから、ひと月が経っていた。

乗りかかった船なので、浩之は何度か部屋をのぞきにきている。たいてい、教え子たちと一緒だった。波留は基本的に無口だし、学校外のトラブルで悪い噂がたつことも多かったから、クラスに馴染んでいたとは言えない。しかし、波留が恋人にDVを受けていたという事実に、同世代のクラスメイト、とくに女子が敏感に反応した。悲しいことに、他人事《ひとごと》ではないらしい。みなにおせっかいを焼かれ、波留はひどく恥ずかしそうにしていたが、この一件をきっかけにして、クラスが一体になったような気さえした。

今日は日曜日で、浩之はひとりで訪れた。

波留が自炊に自信がないというので、料理を教えにきたのだ。ちょうどぽっかりと時間が空いていた。知永子は金曜日から東京に出張に行っている。自作のスイーツを、東京のデパートなどに売りこみたいらしい。

彼女が企画販売しているチョコレートは、ひと粒が二百円以上する。土産物《みやげ》としては異例の高級路線である。それが逆に新鮮で、近隣の高級ホテルやレストランから注文が集まり、ネットなどでも話題になっているようだった。元学者の卵とはいえ、マーケティング理論などをやっていたせいか、商売人に転じてもその知性を遺憾《いかん》なく発揮している。

「よし、それじゃあ早速始めようか」

浩之はスーパーで買いこんできた食材をキッチンでひろげた。メニューは鶏肉《とりにく》のトマト煮だ。パンにもご飯にも合わせられるし、残ったソースは翌日パスタにできる。ひと粒で二度おいしいというわけだ。

もともと料理は嫌いではなかった。

きっかけは、実家のカレーがあまりに甘すぎたことだ。年の離れた妹がいるのでしかたがないのだが、辛党の浩之は自分で辛いカレーをつくった。一時はスパイスなども買いこんで本格的にやっていた。和食好きの母親のレパートリーになかったので、パスタもよくつくっていた。

ただ、結婚してからは、ほとんどしなくなった。知永子がキッチンを使わせてくれないからだ。どんなに忙しくても、家事に手を抜かない女だった。浩之としては分担制にしてもらっていっこうにかまわないのだが、男が台所でうろうろしているのを見るのが好きではないらしい。

「おいしいっ！」

鶏肉のトマト煮をひと口食べて、波留は眼を丸くした。テーブルの上には、浩之がつくった料理の皿が並んでいる。メインの鶏以外に、サラダもスープもカプレーゼもある。バゲットはわざわざ隣町のパン屋まで買いにいった。

「うん、まあまあだな」

浩之はうなずいた。知永子には負けるが、まあ悪くない味だろう。それにしてもなにかが足りないと思った。ワインだと気づいて胸底で苦笑した。料理に使った赤ワインが残っているが、生徒の家で飲むわけにはいかない。

「先生……」

波留が意味ありげな上目遣いを向けてくる。

「ワイン飲んでもいい？」

「いいわけないだろ。いまコーヒー淹《い》れてやる」

「えーっ、せっかくこんなにおいしいイタリアンなのに、ワインがなくちゃ興醒めだよ」

「俺は教育者なんだ」

「わたしはもう成人」

コーヒーを淹れようとしていた浩之の体を押しのけて、波留が赤ワインのボトルをつかむ。

「先生、グラス取って」

「いま飲まないほうがいいと思うぜ」

浩之は意味ありげに笑った。

「卒業式の後、謝恩会があるだろ。そこでなら、胸を張ってビールが飲める。四年間の苦労をしみじみ思いだして、きっとうまい酒が……」

「半年以上も先のことのために、いま我慢するなんて馬鹿みたい。わたしはいま、ワインをおいしくいただきます。謝恩会でもきっと、おいしくビールをいただきます」

波留は自分でグラスをテーブルに並べ、赤ワインを注いだ。

「おまえなあ……」

浩之は弱ってしまったが、たしかに波留は、四月に誕生日を迎えた二十歳《はたち》だった。

「ほら、先生。乾杯しよう」

「ったく、クラスのみんなには内緒だぜ」

グラスを合わせてしまったのは、浩之自身、酒が嫌いではないからだろう。それに、この国では高校を卒業すれば未成年でも飲酒に関しては寛容《かんよう》で、大学生が盛り場でコンパをやっているのが日常的な光景でもある。定時制に通う高校生とはいえ、成人しているのだから大目に見てやってもいいだろう。

「よく飲んでるのかい？」

「いーえ」

波留は眼を三日月型に細めて笑っている。普段、表情の変化に乏《とぼ》しい彼女がそういう顔をしているのは、見えみえの嘘をついているときだ。まあ、いい。大人になれば、酒に励まされることもあれば、慰《なぐさ》められることもある。

「なにか困ったことないか？」

「困ったこと？」

「いや、ほら、ひとり暮らしは初めてだろう？　不便とかないかなって心配してるんだよ」

ひと月前、山本に言われたことが、いまだ胸の中でくすぶっていた。山本は波留のことを淋しがり屋だと言った。浩之はかならずしもそうは思わないが、喉《のど》に刺さった小骨のように気になってしようがない。

山本は定時制ひと筋の教師である。彼自身が落ちこぼれの生徒だったから、そういう道を歩むことにしたらしい。はっきりとは言わなかったが、不良じみた生活を送っていたこともあるのだろう。

浩之は違う。子供のころから影の薄い優等生で、教師の手を煩《わずら》わせた記憶はほとんどない。定時制教師のキャリアだって山本の半分以下だから、落ちこぼれや不良の気持ちを、本当のところわかっていないのではないかというコンプレックスがある。

「せいせいした」

波留は笑わずに言った。

「それがわたしの、ひとり暮らしの感想。いろいろ大変だけど、もっと早くこうしておけばよかったって、いまは毎日思ってる。自由ってとってもいいね。だから先生には感謝してるよ。お金貸してもらって……ひとりじゃどうにもならなかったもん」

「ちゃんと返せよな」

「出世払いで」

波留の顔に笑顔が戻る。

「ハッ、出世なんかするのかよ」

意地悪く言いつつも、浩之は波留の答えに満足していた。やはり間違っていなかった。彼女のようなタイプには、まず自由を与えるべきなのだ。それから、自由に伴《ともな》う責任や義務を、一つひとつ覚えていけばいい。

5

ずいぶん長居してしまった。

ワインはあっという間になくなってしまったけれど、テーブルの後片付けをし、残った料理の保存法やリメイクの仕方を教え、それでもまだ帰ってしまうのが名残《なごり》惜《お》しくて、コーヒーを飲んでおしゃべりをしているうちに、陽がとっぷりと暮れていった。

おそらく、初めてふたりで過ごす平和な時間だったからだろう。彼女とふたりで顔を突きあわせているときは、いつだってシリアスなトラブルの渦中《かちゅう》であり、こんなふうに長閑《のどか》な時間を共有したことなど一度もなかった。

なんとなく、元教え子と小さな同窓会を楽しんでいるような気分になった。彼女と知り合ってもう四年目、全日制の高校なら卒業しているわけだし、ひとり暮らしの新居にお邪魔しているというシチュエーションも、そんな気分を増幅させた。

「そろそろ帰るよ」

浩之が腰をあげかけるたびに、

「えー、まだいいじゃないですか」

と怒ったような顔でとめてきた波留は、どういう気分だったのだろうか。やはり、ひとり暮らしを始めて一人前になったつもりだったのだろうか。それとも、ワインなど飲んだせいで、わがままになっているのか。あるいは……。

「いや、さすがにまずい。もうすぐ八時じゃないか」

浩之は時刻を確認し、立ちあがって玄関に向かった。

教え子とはいえ、相手はひとり暮らしの若い女だった。夜遅くまで居座るのはマナーに反しているし、近所の眼もある。変な噂がたったりしたら、せっかくの新生活が台無しになってしまう。

「待ってくださいよぉ」

波留は玄関にまでついてきて駄々《だだ》をこねた。腕をつかまれ、靴を履くことを許してくれない。

「もう少し、あと一時間。あと一時間だけ。まだ遅くないですよ。学校なら授業をやってる時間でしょ」

浩之は弱ってしまった。彼女がこんなふうに取り乱すのは珍しいことだ。普段はかなりクールなのだ。何事にも動じないようなところがあるし、やくざ相手に声を荒げるほど無鉄砲《むてっぽう》な腹の据わり方をしている。

「ハハッ、どうしたんだよ？　明日また学校で会えるじゃないか」

苦笑まじりになだめる。

「でもぉ……でもぉ……」

驚いたことに、波留は涙を流しはじめた。大粒の涙が頬を伝い、次の瞬間、顔を真っ赤にして泣きだした。

「おいおい……」

少女のように手放しで泣きじゃくる教え子に、浩之は狼狽えた。山本の言葉が耳底に蘇《よみがえ》ってくる。ああ見えて淋しがり屋でしょう？

やはり、そうなのだろうか。

ＤＶ被害に遭ったとはいえ、恋人との仲を引き裂いてしまった罪悪感が、胸で疼いた。正しいことをしているつもりでも、かならずしもそれが正解ではないのが、教育の現場だった。もしかすると自分は、決定的な間違いを犯してしまったのかもしれない。

「先生っ！」

胸に飛びこんできた波留を受けとめた。違和感があった。女の形をしていた。チビ

Tシャツにショートパンツという、薄着のせいだけではない。出会ったときには偏屈で取り扱いが面倒な十六歳の少女だったはずなのに、波留はいつの間にか、すっかり大人の女になっていた。

「冷たくしないでよぉ」

泣き顔で、挑《いど》むように睨んでくる。

「してないだろ、べつに……」

平静を装っていても、浩之は動揺しきっていた。見つめあうほどに、鼓動が乱れていく。泣き顔がエロティックすぎる。潤んだ瞳、赤く染まった頰、半開きで震える唇……理性が崩れていく。衝動がこみあげてくる。

魔が差したとしか言い様がない。

唇を重ねてしまった。

波留もさすがに驚いたようで、泣き顔が凍りついたように固まった。それ以上に驚いていたのが、浩之だった。

なんていうことをしてしまったのだろう。波留のことを異性として意識したことなどない。他の生徒同様、可愛い教え子のひとりにすぎない。なのに、キスをしてしまうなんて。これはまずい。取り返しのつかないことをしでかしてしまった。

　あわてて身を引こうとすると、

「……ぅんんっ！」

　今度は波留からキスをされた。唇を重ねるだけではなく、眼を白黒させている浩之をよそに、舌を差しだしてくる。浩之の口は自然と開き、それを受け入れてしまう。舌と舌とがからまりあう。

　そういうことに慣れている感じは、しなかった。むしろ必死に背伸びをして、大人のキスをしているようだった。必死さが伝わってくるせいで、浩之は拒《こば》めなかった。波留は拒まれてばかりの人生を送ってきた。実の父は失踪という形で拒み、継父はモラハラやＤＶという形で波留を拒んだ。

　ここで浩之まで拒んでしまえば、彼女はしたたかに傷つくのではないか……。

　いや、そんなことは言い訳にすぎなかった。

　舌をからめあうほどに浩之の頭はなにも考えられなくなり、深いキスに淫してしまった。陶然《とうぜん》とすることを通り越して激しい眩暈《めまい》に襲われ、足元がよろめいた。波留もしっかりとは立っていなかった。気がつけば浩之は、むさぼるようなキスを続けながら彼女の背中を壁に押しつけていた。

本能が疼いた。そうとしか言い様がない理不尽《りふじん》さで、浩之の体は浩之の心を裏切っていく。

チビTシャツを悩ましく盛りあげている乳房を、手のひらで包んだ。大きくはないが、充分に女らしかった。ブラジャーのカップごと揉みしだくと、波留は舌をからめあいながらせつなげに眉根を寄せた。いやらしい表情だった。あのトラブルメーカーな少女が、こんな顔をするなんて……。

俺は教師だ、と思う。生徒の乳房を揉んでいいはずがなかった。しかし、教師である前にひとりの男なのだ。舌をからめあい、手指を動かすほどに、疼いていた本能が激しく燃えあがっていく。

体を動かす衝動はほとんど暴力的と言っていいほど強烈で、体を乗っとられてしまったようだった。チビTシャツをめくりあげて、淡《あわ》いピンクのブラジャーを露わにした。知永子なら決して着けないような色合いだった。幼げですらあるが、胸のふくらみはしっかりと隆起している。

「いっ、いやっ……」

背中に手をまわしてホックをはずすと、波留は身をよじった。

「嫌なのか？」

息を呑んで訊ねた。波留が見つめてくる。

「わたしのこと……好き？」

見つめあう。視線と視線がぶつかりあう。お互いに息を呑んでいる。

浩之はためらいつつも、しっかりとうなずいてしまう。あとで激しい自己嫌悪に陥り、絶望することは眼に見えていたが、もう後には引けない。欲望という悪魔に乗っとられてしまったのは、体だけではないらしい。

波留は顔をこわばりきらせたまま、ただ震えている。

浩之は悪魔に魂《たましい》を乗っとられているのを自覚しながら、

「いいだろう？」

とブラのカップをめくりあげた。真っ白い乳房が、恥ずかしげに顔をのぞかせた。乳首のピンク色さえ、地肌に溶けこんでしまいそうな透明感があった。浩之は、暗い興奮に全身の血が沸騰《ふっとう》していくのを感じた。

「ううっ……」

羞じらいに赤く染まった顔を、波留がそむける。

浩之の両手が、双乳を下からすくいあげる。ひどく張りがある。指を動かすと、ゴム鞠《まり》のような弾力が返ってくる。

「むうっ……」

乳房を揉みしだきながら屈んで乳首を吸いたてると、

「あああっ！」

波留がのけぞって声をあげた。浩之が知っている彼女の声ではなく、快楽を知っている女の声だった。

6

立っているのがつらかった。

波留の両脚も震えている。

ふたりは言葉も交わさないまま、もつれあうようにしてソファに向かい、体を横たえた。浩之はすかさず、波留のチビTシャツを脱がし、ブラジャーを奪った。ショートパンツの前も割り、脚から抜いてしまう。

「……先生も脱いで」

自分ばかり脱がされるのはフェアではないとばかりに、波留は両手で乳房を隠しながら睨んできた。白い裸身に唯一残った淡いピンクのショーツが、身震いを誘うほどエロティックだ。

浩之はあわててシャツやTシャツ、ズボンまで脱ぎ、ブリーフ一枚になって波留に身を寄せていった。開けっ放しの窓から風が吹きこんできた。初夏とはいえ夜風は冷たかったが、寒くはなかった。浩之の全身は熱く火照り、汗ばんでさえいた。波留も寒そうではなかった。それどころではないようだった。心臓が破裂しそうだと、彼女の顔には書いてあった。

かける言葉を、浩之は探した。なにも見つからなかった。抱きしめると、波留もしがみついてきた。合意の上であることは間違いなかった。波留は拒んでいなかった。受け入れてくれていた。いや、いっそ求めていると言ってもいいような激しさで、抱《ほう》擁《よう》に力をこめてくる。

それが禁を破る勇気を浩之に与えた。他のことはどうでもいい。とりあえず、波留の気持ちは逸らしていない。

唇を重ねた。浩之の手は乳房を揉み、波留の手は浩之の髪の中に入ってくる。お互いにぎこちないけれど、一連の動きがあらかじめプログラミングされているように、次々と行動に表れる。

浩之は乳房だけでなく、背中をさすり、腰を撫《な》でた。どこを触っても波留の素肌は清潔ですべすべしていた。淡いピンクのショーツに包まれたヒップは小さいけれどひどく丸い。うっとりしてしまう。撫でまわしてやると、波留の呼吸は乱れた。キスを続けていられないくらい息をはずませているのに、必死になって舌を伸ばしてくる。浩之はその舌を熱っぽくしゃぶってやる。

ふたりとも、みるみるうちに、口のまわりを唾液で濡らした。キスとはこれほどなりふりかまわずするものだったろうか。情熱的なものだったろうか。せつなくて胸が張り裂けそうなものだったろうか。

丸いヒップを包んでいるショーツの中に、手のひらをすべりこませた。生身の尻丘は乳房よりなお弾力があって、剝き卵のようになめらかだった。その奥にセックスのための器官を隠しているとは思えないほど初々《ういうい》しく、浩之の呼吸は高ぶっていく。

ショーツをずりおろしていくと、波留は太腿をこすりあわせて羞じらった。拒まれているような気もしたが、本気ではないだろう。浩之はかまわず脚から抜いてしまい、上体を起こした。波留の下半身の方に移動して、両脚をひろげていく。

「いやっ！」

波留が髪を振り乱して首を振る。

「嫌ならやめるぞ……やめたっていいんだぞ……」

言いつつも、浩之は彼女の両膝を握りしめ、容赦《ようしゃ》なく両脚を割りひろげていく。やめるつもりなどないことを伝えるように、力まかせにM字開脚を強要する。「いやあああっ！」

波留は悲鳴をあげ、両手で顔を覆った。下半身では、女の恥部という恥部が露わになっていた。浩之の眼と鼻の先で、波留の花が咲いていた。それは、浩之が生まれて初めて見た生身の女性器でもあった。

清らかな花だった。アーモンドピンクの花びらがぴったりと合わさり、縦に一本の筋をつくっている。ネットで拾った画像をいくら凝視しても曖昧な印象しかもてなかったのに、目の前のそれはくっきりしていた。花びらが小さくて、縮れもなく、形くずれしていないからだろうか。

繊毛《せんもう》が少ないせいもあるかもしれない。こんもりと盛りあがった丘の上にほんのひとつまみ、春の若草のように生えているだけで、花びらのまわりにはなにもない。まわりの素肌が、くすんでさえいない。

顔を近づけていく。

見れば見るほどアーモンドピンクの花びらの色艶《いろつや》は魅惑的で、ぴったりと閉じ合わさった姿は凜《りん》とさえしている。匂いが漂ってくる。知永子の匂いとはあきらかに違う。酸味が強い。発酵《はっこう》しすぎたヨーグルトのようだ。決していい匂いではないのだが、強く惹かれる。嗅ぐほどに本能を揺さぶられる。

「あああっ！」

ねろりと舐めあげると、波留が焦った声をあげた。

「やっ、やめてっ！　やめてくださいっ！　そんなとこ汚いっ！」

肩をバシバシ叩かれたが、浩之は舌を這《は》わせるのをやめなかった。生まれて初めてのクンニリングスだった。縦の一本筋を舌先でなぞるように、下から上へ、下から上へ……。

「ああっ、いやっ！　いやあああっ……」

これほど羞じらうということは、波留もされるのが初めてなのかもしれない。感動が押し寄せてくる。男を取っ替え引っ替えの彼女も、ここだけは舐められないようにしていたのだ。

やがて、小さな花びらが合わせ目をほつれさせ、つやつやと濡れ光る薄桃色の粘膜が顔をのぞかせた。小さなひだが、薔薇《ばら》のつぼみのように渦を巻いていた。そっと舌を這わせた。匂いは強烈でも、味はしなかった。いやむしろ、おいしいと言ってもいいくらいだった。舐めては凝視し、凝視しては舐めた。これがオマンコなのだ。男を狂わせ、男を受け入れる女の性愛器官なのだ。

「むううっ……むううっ……」

鼻息を荒げて舐めまわし、あふれてきた蜜を品のない音をたてて啜《すす》った。嚥下《えんか》すれば、体の内側に波留の匂いが充満していくようだった。もっと充満させたかった。

「ひいいっ！」

悲鳴の色合いが急に変わった。舌が急所に触れたらしい。花びらの合わせ目の上端にある、クリトリスだ。まじまじと見つめた。まだ包皮を被っていたが、ほんの少しだけ珊瑚《さんご》色の肉芽が見えた。驚くほど小さかった。こんなに小さなところに、敏感な性感が凝縮されているのか。

「あああっ！　はぁあああああーっ！」

クリトリスを舐め転がしてやると、波留はジタバタと暴れだした。羞じらっているというより、強すぎる快感に耐えられないようだ。浩之は波留の左右の手首をつかみ、肘《ひじ》を使ってM字開脚を保ちながら、クリトリスを舐めつづけた。

強さは加減した。まわりを舌先でくるくるとなぞっては、ちょんと突く感じだ。それでも、舌先がクリトリスに触れた途端、波留の白い裸身は跳ねあがる。ジタバタと暴れる。

浩之は感動していた。

男がリードすれば、女はこれほど激しく反応するものなのか……。支配欲をくすぐられた。もっと感じさせてやりたくなる。もっと乱れさせてやりたくなる。

クンニリングスを中断し、ブリーフを脱ぎ捨てた。膝立ちになって股間のイチモツを反り返らせている浩之を見て、波留が息を呑む。紅潮しきった顔がこわばっている。フェラチオをしてほしい、とは思わなかった。

波留が欲しかった。

いますぐひとつに重なりあい、腰を振りあいたかった。この腕の中で思う存分暴れさせ、恍惚《こうこつ》を分かちあいたかった。彼女の両脚の間に、腰をすべりこませた。

「いくぞ……」

男根をつかみ、切っ先を割れ目にあてがう。ヌルリとこすれあった感触だけで、背筋に震えが這いあがっていく。

「やさしく……して……ください……」

波留は言い、眼をつぶった。長い睫毛《まつげ》を震わせて、祈るような表情をしている。

「ああ……」

浩之は息を呑み、腰を前に送りだした。入らなかった。おかしい。そんなはずはないという焦りと、自分から挿入することに慣れていない不安で、パニックに陥りそうになった。

もちろん、波留を相手に取り乱すことはできなかった。思えば、知永子の前ではずいぶん男として情けない姿をさらしたものだ。ああいうのは、もう勘弁だった。うまく入らないのは、波留が後退《あとずさ》るせいだと思った。上体を覆い被せ、肩を抱いた。がっちりと押さえて、もう一度腰を前に送りだした。入らないわけがないのだ。入らないわけが……。

「あああああーっ！」

波留が悲鳴をあげてしがみついてくる。浩之にも手応えがあった。入らないのではなく、きついのだ。それでも、結合が不可能なはずがない。波留は充分に濡らしている。それをこの眼で確認している。

「むうっ……むううっ……」

額に汗を浮かべながら、腰をひねった。堅い関門をこじ開けるようにして、むりむりと割れ目に亀頭をねじりこんでいく。不意に、関門を通過した感覚が訪れた。入口だけが異様に狭かったのだ。あとは楽に入っていけた。ずぶずぶと侵入し、根元までしっかりと咥えこませることができた。

「あああっ！　ああああーっ！」

波留は顔を真っ赤にしてジタバタと暴れている。たまらない反応だった。浩之は抱擁に力をこめた。こういうセックスがしたかったのだと思った。願わくば波留にもたくさん感じてもらいたかったけれど、興奮のあまり顔色をうかがう余裕がなくなっていた。

浩之は突いた。

本能のままに突いて突いて突きまくった。

「ああああああーっ！　はぁあああああーっ！」

腹の底から絞りだすような波留の悲鳴が、浩之をかつてない熱狂へといざない、むさぼるように腰を使いつづけた。

第三章　恍惚《こうこつ》の行方《ゆくえ》

1

雨の日が続いていた。

今年の梅雨《つゆ》はとくに雨が多く、もうずいぶん長い間、太陽や青空を見ていないような気がする。

「よく降るなあ」

職員室の窓から外を眺めていた山本が、浩之の側を通りながら言った。

「こう雨ばかりじゃ、体にカビが生えてきそうだよ」

「いや、まったく」

浩之はうなずき、窓の外を見やった。鬱蒼《うっそう》と茂った木々が雨に打たれ、とめどもなく水滴をしたたらせている。

たしかに梅雨は鬱陶しいものだが、今年はいつもと感じ方が違った。じめじめとした湿気がかならずしも不快なだけではなく、なにかを急《せ》きたててくる。じっとしていることができず、落ち着かない気分にさせる。

こんなとき、デスクワークはつらい。机の上には生徒たちが書いたレポートの束が置かれている。テーマは環境問題で、取材までして熱心に書いてきてくれた生徒もいるのに、添削《てんさく》にまるで身が入らない。

雨音が強くなると、記憶を揺さぶられた。

ひと月前、波留と初めて体を重ねたときのことだ。

すべてが終わったあと、浩之は放心状態に陥っていた。

突然、稲妻の光が差しこんできても動けなかった。開け放ったままの窓から、激しい雷鳴と土砂降りの雨音、そしてじっとりした湿気が部屋の中に入りこんできてもそうだった。

放心状態に陥っていたのは、会心の射精のせいだけではなかった。

身を寄せあっている波留の白い太腿が、真っ赤な鮮血で染められていたからだ。浩之は彼女の薄い腹部に男の精を吐きだした。それをティッシュで拭ってやろうとして発見した。生理ではないと直感的に思った。

「どういうことだ？」

震える声で訊ねた。

「まさか……初めてだったのか？」

沈黙が訪れる。波留は唇を引き結んでいる。息が苦しい。

窓の外が光った。近所に雷が落ちたらしく、カッと光った次の瞬間、地割れを起こすような激しい雷鳴が轟《とどろ》き、建物ごとふたりを揺らした。

「だったらどうだっていうんですか？」

波留が言った。

「どうって……まさか処女だとは……」

浩之は狼狽えた。波留には恋人がいたはずだった。知っているだけで、三名いる。ごく短い期間だったにせよ、いずれの男とも同棲していたはずだ。

「カッコ悪い」

波留が唇を歪めて言う。

「いまさらビビるなら、最初から抱かなきゃいいじゃん」

「なんだと……」

「痛かったのはわたしで、先生じゃないもん」

そういう問題ではない。

「俺は……喧嘩がしたいわけじゃないんだ……」

波留の肩を抱いた。波留は抵抗しなかった。お互いにまだ全裸だった。下着すら着ける余裕がなかった。波留の素肌は熱く火照って汗ばんでいた。浩之もまた、そうだった。

「どういうことなのか、きちんと説明してくれ。付き合っている男は何人もいたよな？　一緒に住んでて……」

「男ってわがまま」

波留は吐き捨てるように言った。

「エッチはしないっていう条件で部屋に住まわせてもらうことにしても、させないと怒りだす。殴る人までいる」

浩之はますますわけがわからなくなった。簡単に体を許さないというのは、褒めてやってもいい。相手の男には同情するが、波留には波留の考えがあるわけだし、嘘をついたわけでもない。

しかし、ならばなぜ、自分には簡単に体を許したのだろうか。経験がないと伝えられれば、こちらだって正気に戻っただろう。戻ったに違いない。言わなかった理由は、正気に戻ってほしくなかったからか……。

いや、そんなことはどうでもいい。

いまはまず、波留をいたわってやるべきだった。憎まれ口を叩いていても、彼女はショックを受けている。ショックというか、処女を失ったことに動揺したり混乱したりしているに違いない。やさしくしてやらなければ、せっかくの初体験がひどい思い出になってしまうかもしれない。

「風呂借りていいか？」

気を取り直して訊ねた。

波留がこちらを見ないでうなずく。黙ってバスルームの扉を指さす。横顔がふて腐れている。きっとどういう顔をしていいのかわからないのだ。

「一緒にシャワー浴びよう」

「えっ？」

「洗ってやるから、ほら」

「ちょっ……まっ……」

慌てる波留の手を引き、バスルームに向かった。いちおうトイレとは別になっているが、狭《せま》いユニットバスだ。浩之はシャワーヘッドを手にし、ハンドルをあげた。

「きゃっ！」

水が出てきたので、波留が悲鳴をあげる。可愛かった。水がお湯になるのを待って、浩之は波留の背中にかけてやった。白くて薄い彼女の裸身は、まだ少女の匂いを残していた。下腹部にかけると、内腿についていた血が流れ、赤く染まったお湯が排水口のところで渦《うず》を巻いた。

「なんか恥ずかしい……」

波留が背中を向けたまま言う。

「さっきはもっと恥ずかしいことをしたじゃないか」

「そうだけど……」

浩之は手のひらにボディソープを取り、波留の背中に塗りたくった。ヌルヌルの手指が腋窩《えきか》から乳房に及ぶと、波留は大げさにくすぐったがった。

「やめて、先生っ……自分でできるっ……自分でできるからっ……」

浩之は手指を動かすのをやめ、耳元でささやいた。

「どうして俺に許した？」

波留は黙っている。狭いバスルームを沈黙が満たしていく。

「教えてくれ」

「……好きって言われたし」

罪悪感に胸が疼いた。言ってはいない。うなずいただけだというのは、言い訳にならないだろう。

「他の男だって、好きって言ってくれただろう?」

「……わたしがあんまり好きじゃなかったから」

「俺のことは好きなのか?」

波留は答えない。

あまりシリアスに責めたてても可哀相《かわいそう》だと思い、浩之は腋の下をくすぐった。

「やっ、やめてっ……やめてえええっ……」

「じゃあ答えろ。俺のことが好きだったのか?」

波留は身をよじりながらうなずいた。

「いつから?」

「おしっこ漏らしたとき」

「おまえ……それは言わない約束だろ」

さらにくすぐると、波留はキャッキャとはしゃぎだした。イチャイチャしている、と思った。こんなふうに女とイチャイチャした経験が、浩之にはなかった。なんて幼稚なことを、と思いつつも、悪い気分ではなかった。それどころか、ひどく楽しかった。ともすればセックスよりも鮮烈な体験で、お互いの体を洗いっこしている間、波留が教え子であることを忘れてしまったくらいだ。

のぼせ気味でバスルームから出ると、朝までソファで抱きあっていた。二度目のセックスはしなかった。言葉さえあまり交わさなかったが、数えきれないほどキスはした。髪をたくさん撫でてやった。

波留の出勤時間までそんなふうにして過ごし、後ろ髪を引かれながら彼女の部屋を後にした。

別れ際、玄関で長々と口づけを交わした。

別れ際のキスなんて、知永子ともしたことがなかった。

2

「ずいぶん遅いのね？」

帰宅するなり、知永子に嫌味を言われた。

「言っただろ、部活を受けもつことになったって」

「それにしても、もう十二時近いじゃない」

「終わったあと、ちょっとファミレスでお茶してたのさ。全員分奢らされて、まいったよ」


浩之は苦笑しながらバスルームに向かった。頭から熱いシャワーを浴びた。今日は波留を抱いていないが、念入りに体中を洗いまくる。

気まずいなどというレベルではなかった。

波留と深い関係になって以来、自宅でのんびり寛げる時間はなくなった。寛いでいるふりはしていても、内心では冷や汗をかき、知永子のちょっとしたひと言で心臓が縮みあがる。表情の変化や体の震えを隠すため、便意もないのにトイレにこもることも多い。まるで薄氷の上を歩くような慎重さで、妻に接していなければならない。

「今度かるた部の顧問になったんだ」

夜遅く帰宅する理由を、浩之はそう説明した。

「なんか最近、競技かるたの漫画が流行ってるみたいでさ。百人一首に興味がある生徒が多いんだよ。まあ、悪くないことだしね。古典の勉強にもなるわけだし。俺はいままで部活を担当してなかったけど、そういうのなら指導もできると思ってさ」

嘘八百の設定だった。そういう理由でもつくらなければ、波留との逢瀬《おうせ》の時間を捻《ねん》出《しゅっ》できなかった。

もちろん、学校に問い合わせられれば、簡単にバレる。しかし、知永子はそういうタイプではない。自分の仕事に口を出されるのが嫌なので、こちらの仕事にも決して口を挟んでこない。

それにしても、近ごろ自宅の居心地の悪さは尋常ではなかった。

どうにもなにかを勘《かん》づかれているような気がして、ともすれば、やくざの事務所に乗りこんだときより緊張している。世の浮気中の亭主は、これほどの緊張感をやりすごして婚外恋愛を楽しんでいるのだろうか。だとすれば、尊敬に価《あたい》する。浮気は悪いに決まっているけれど、まだバレてもいないのに、浩之はずいぶんと高い代償を払っているような気がする。

いつもビクビクしていることだけではない。

波留との関係を続けるにあたり、浩之はひとつの決意をした。

知永子を抱くことだ。

月に二回、カレンダーに丸をつけている。そういうやり方でセックスレスを解消しようと、浩之のほうから切りだした。知永子は苦笑まじりに受け入れてくれた。セックスレスを糾弾《きゅうだん》したことを、少し反省しているようだった。彼女はいつもそうだった。自分に非がないと思いこむと、強く言いすぎてあとから後悔するのである。とはいえ、浩之のほうから月に二回の夫婦生活を切りだされ、嬉しそうだった。浩之にとっては、浮気に勘づかれないための防波堤《ぼうはてい》のようなものだったのだが……。

今日がその日だった。

知永子が帰宅の遅さに嫌味を言ったのは、そういう理由もある。自分から言いだしたことなんだから、しっかり約束は守りなさい、というわけだ。

もちろん、約束を反故《ほご》にするつもりはない。しかし、最初から乗り気なことでもなかったので、気分をあげるのが難しかった。学校帰りに波留の部屋に寄っても、カレンダーに丸の日は抱かないことにしている。ソファでイチャイチャしているだけで我慢するのだが、これから帰って夫婦の義務を果たすのだと思うと、波留と離れがたくてついつい長居を決めこんでしまう。

波留はいい。

教え子としてはずいぶん手を焼かされたけれど、ベッドでは浩之に従順だ。こちらの欲望をすべて受け入れてくれる健気《けなげ》さがある。健気にしてくれれば、こちらだってやさしくせずにはいられない。そういう好循環がある。

愛してるよ、という言葉を生まれてはじめてささやいた。そんなことを実際に口にする男の気持ちがいままでまったく理解できなかったが、波留が相手だとどういうわけか自然に言えるのだった。

バスルームを出た。

リビングに知永子の姿はなかった。待ちきれず、寝室に行ってしまったようだ。慌てて髪を乾かした。どうせ脱ぐのだからと、下着も着けず腰にバスタオルを巻いただけで寝室に入っていく。

「やめてよ、おじさんみたい」

知永子が笑う。ムードがない、と言いたいらしい。枕元のスタンドだけが灯《とも》った中で、彼女はベッドに横たわっている。布団を掛けているが、片肘を立てて頭を支えているので、上半身が見えている。

ヴァイオレットブルーのベビードールを着けていた。見たことがないから新品だろう。スケスケの生地が白い乳房を透けさせている、エロティックなデザインだった。このところ、彼女は急にランジェリーに凝りだした。カレンダーに丸の日は、そのお披露目《ひろめ》の日というわけである。

「どうせ脱ぐじゃないか」

浩之は言い訳しながら腰のバスタオルを取り、全裸で布団に入っていった。

「脱ぐ前のムードづくりが大切なのよ。今度あなたの下着も買っておいてあげる。思いっきりセクシーなやつ」

「やめてくれよ」

「いいじゃない。シルクのビキニブリーフとか、上から触られたら男の人も感じるみたいよ」

少し興味をそそられた。しかし、それを着けてベッドインしたい相手は、知永子ではない。

知永子が布団をめくりあげた。ベビードールの下はノーブラだが、ショーツは穿いている。こちらも同色で、極端に面積が狭いものだ。横が紐で、長細いフロント部分を股間に食いこませている。彼女は陰毛がかなり濃いので、両脇から繊毛がはみ出している。

いやらしかった。色気に関して言えば、波留など足元にも及ばない。乳房は大きいし、ヒップにはボリュームがある。なのにどうして、これほど心が躍《おど》らないのだろう。これから始まることが億劫《おっくう》に感じられるのだろう。波留のことは抱きしめるだけでドキドキするのに……。

知永子がまたがってきた。

夫の気持ちを知らぬげに、熱いキスを浴びせてくる。唇だけではなく、耳や首筋や胸にまでキスの雨を降らせ、両手で撫でまわしてくる。

始まってしまえば、浩之もしらけてばかりはいられなかった。知永子の髪を撫で、背中をさする。ベビードールのざらついた生地と、しっとりした素肌のコントラストに、陶然となる。六つ年上の妻が振りまく色香に酔い、勃起してくる。

「……うんんっ！」

唇を重ね、舌をからめあった。知永子は早くもハアハアと息をはずませながら、舌をしゃぶってきた。すっかり欲情していた。すべての女がそうではないだろうが、彼女の場合、待っているときから気持ちが高ぶっている。セクシーランジェリーに身を包んだあたりで、すでに興奮はマックス状態なのだろう。

「ねえ……」

知永子が浩之の両脚の間で四《よ》つん這《ば》いになりながら言った。

「あんまり石鹼つけて洗わないで。味がなくなっちゃう」

何回言ったらわかってくれるの、という顔で、勃起したペニスを握りしめる。彼女はセックスの前に男がシャワーを浴びるのを好まない。恋人時代は絶対に許してくれなかった。しかし、結婚して一緒に暮らすようになると、なかなかそうも言っていられなくなった。知永子は出勤前にシャワーを浴びるのが習慣だが、浩之は夜風呂に入る。べつに浮気などしていなくても、一日の疲れを洗い流してからでないと寝つけないのだ。

「ぅんんっ……ぅんんっ……」

知永子がペニスを口に含む。ねっとりと舌を這わせては、頭を振ってしゃぶってくる。さすがにうまい。舌の動きも絶妙なら、唇の緩急のつけ方もまたそうで、浩之は首に筋を浮かべる。顔が熱くなっていき、額に汗が浮かんでくる。

「もういいよね？」

フェラチオを中断し、ショーツを脱ぎはじめた知永子の顔には、さっさとしないと睡眠時間がなくなっちゃう、と書いてあった。あなたの帰宅が遅いから、こんなに慌ててしなくちゃいけないのよ、と咎《とが》めているようでもあった。

そんなに睡眠時間が大切ならセックスなんてしなければいいのに——と思うが、そういう選択肢はないらしい。

ヴァイオレットブルーのベビードールを着たまま、知永子は腰にまたがってきた。

「んんんっ……」

腰を落としてくる。ずぶっと亀頭を咥えこむが、一気に最後まで呑みこまない。豊満なヒップを小刻みに上下させ、割れ目《じ》を唇のように使って浅瀬で出し入れする。肉と肉とを馴染ませながら、自分を焦らし、浩之を焦らす。

いつものやり方だった。

ベビードールから乳房を透かしている以外、変わったところはなにもない。それでも興奮し、ペニスが硬くなっていく。知永子が燃えているからだ。ハアハアと息をはずませながら必死に腰を振りたて、じわじわと結合を深めていく。理知的な顔が生々しいピンク色に染まっていく。最後まで腰を落としきれば、白い喉を突きだしてベビードールの下で豊満な乳房を揺れはずませる。

いやらしい女だった。いやらしいくせに、新たな刺激を欲しがらない超保守的なところが謎《なぞ》だ。セックスなんて所詮は保守的なものかもしれないが、それにしたって限度がある。

浩之は知ってしまったのだ。セックスにはさまざまな楽しみがあるという真実を、波留を抱くことで知ってしまった。知永子にしたって、他のやり方では感じないわけではないだろう。ただ頑固《がんこ》なのだ。そしてこちらのことを、いつまでも従順な年下の男の子だと思っている。

衝動が疼いた。

少し意地悪して、戸惑《とまど》わせてやりたくなった。

「……えっ？」

知永子のあえぎ声がとまる。浩之が、彼女の両膝を持ちあげようとしたからである。

「ちょっと脚を開いてみてくれよ」

「どっ、どうして？　いやよ……」

「いいじゃないか」

浩之は力まかせに知永子の膝を立てさせ、両手で内腿をがっちりつかんだ。

「あああああっ……」

理知的な顔が恥辱に歪む。九年も付き合ってきて一度も見たことがないM字開脚に、浩之は大きく眼を見開く。

いい眺めだった。結合部までは見えなかったが、逆三角形の濃いめの恥毛が完全に露わになっている。

このまま自分も膝を立てれば、下から突きあげる体勢が整う。知永子しか女を知らなかったときには、できなかったことだ。下になっていても、責めることができるなんて……。

「ああっ、いやっ……」

あられもない格好に知永子はいやいやと身をよじった。しかし抵抗の言葉はすぐに、艶やかなあえぎ声でかき消された。騎乗位で女がM字開脚になれば、結合が深まるからだ。その状態で下からずんずん突きあげれば、勃起しきった男根が最奥に届く。深々と貫いて、子宮を叩くことができる。

「あああっ……はぁあああああーっ！」

知永子は困惑に顔をくしゃくしゃにしながらも、腰を動かしてきた。いつものように軽快な腰振りではなく、股間をぐりぐりと押しつけてきた。感じているのは、火を見るよりもあきらかだった。いつもはたまにしか届かない最奥を、連打されているのである。感じないわけがない。

浩之は興奮にほくそ笑んだ。

妻ほど性感が熟しているなら、波留にも試してみたことがないやり方も効果的かもしれなかった。立てた両脚を踏んばって下から律動を送りこみながら、右手を結合部に伸ばしていった。びっしりと繊毛が茂った草むらの中に親指を忍びこませ、クリトリスを探った。女の官能を司る小さなボタンを、はじくように刺激した。

「はっ、はぁあああああーっ！」

知永子が獣《けもの》じみた悲鳴をあげてのけぞる。後ろに倒れてしまいそうになり、あわてて両手をつこうとした。ちょうどいい場所に、浩之の両膝があった。そこにつかまれば、知永子はのけぞったまま股間を出張らせる格好になる。

垂涎《すいぜん》の眺めに、浩之は息を呑んだ。知永子に恥ずかしがる余裕はなかった。開いた股間を出張らせれば、クリトリスが無防備になる。いじることが容易《たやす》くなる。無意識にそうなることを求めて、総身をのけぞらせたような気さえする。浩之の親指が、格闘ゲームをするような素早さでクリトリスをはじく。

「いっ、いやっ！　いやいやいやあぁーっ！」

知永子はいまにも泣きだしてしまいそうだった。しかし、いくら泣き叫んでみたところで、腰の動きはとまらない。髪を振り乱しながら必死に動く。股間をぐりぐりと押しつけて、いつもとは違う新鮮な快楽をむさぼっている。同時にクリトリスをいじられることもまた、彼女にとっては非日常だろう。自分がリードするセックスではあり得ない。

「イッ、イキそうっ……もうイクッ……イッちゃうっ……イクイクイクッ……はっ、はぁあおおおおおおーっ！」

世にも淫らな格好で、知永子は腰を跳ねあげた。家中に響き渡るような獣じみた悲鳴は、浩之がいままで聞いたこともないようなボリュームだった。

3

雨はまだ降りつづいていた。

知永子を抱いた翌日、波留の部屋に向かう浩之の気分は、長雨《ながさめ》の中でも晴れやかだった。

夫としての務めは果たしたので、あと二週間は夫婦生活から離れられる。しかも、いつもとは違うやり方で知永子をオルガスムスに導いた。一度の性交で一度だけ絶頂に達するのが彼女のペースなのに、昨夜は二度もイッた。終わったあとはぐったりして、ピロートークを楽しむ間もなく眠りに落ちた。

今朝になって、もしかして文句を言われるかもしれないと身構えていたのだが、そんなことはなかった。鼻歌も忘れてぼんやりしながら料理をし、「おはよう」と声をかけると、ハッと顔をあげて大げさに驚いた。

「どうかした？」

「べつに……」

恥ずかしそうに顔を伏せる態度が新鮮だった。まだ昨夜のオルガスムスの余韻《よいん》に浸っている感じがした。ほんの少しばかりだが、浩之は男として自信を得たようで嬉しかったし、浮気の免罪符《めんざいふ》も手に入れたような気分になった。

俺は充分に妻を満足させている……。

波留との関係がなかったら、おそらくあんなことはしなかっただろう。

いつものように、激しく腰を振りたてる知永子を見上げながら、一刻も早く行為が終わることだけを念じていたに違いない。


「遅いよ」

玄関扉を開けると、波留は唇を尖らせていた。

「ごめん、ごめん。帰り際、職員室に質問しにきた子がいてさ」

時刻は午後九時四十五分。授業は九時に終わるので、いつもは九時二十分か、遅くても三十分には到着する。学校から徒歩五分の距離なので、授業が終わってすぐに帰る波留は、九時五分から待機しているのだ。

浩之は靴を脱いで部屋にあがり、やれやれとソファに腰を下ろした。毎日来ているから、もはや自宅のように寛いでしまう。いや、そういうふうに見せているが、実際にはまだかなり緊張していた。狭い六畳間に、二十歳の女とふたりきりなのだ。相手は生徒でこちらは教師、禁断の関係なのである。

「蒸《む》すな、今日は」

上着を脱ぎ、首筋の汗をハンカチで拭った。本格的な夏が近いのだろう。連日雨が降りしきる中、気温が少しずつ上昇していっているから、湿気がひどい。除湿したいくらいだが、残念ながらこの部屋にはエアコンがない。

「どうした？」

波留は隣に座ってこなかった。いつも猫のように懐《なつ》いてくるのに、ぼんやりと突っ立ったままこちらを見ている。

「こっちおいで」

手招きしても動かない。

「悪かったよ。明日からはもっと早く来る」

浩之は苦笑したが、

「そうじゃない」

波留は首を横に振った。

「昨日、奥さんとしたでしょ?」

「えっ……」

「わたしとしなかったってことは、帰ってから奥さんと……」

哀しげな眼で見つめてくる。

「なに言ってるんだよ」

浩之は立ちあがり、波留を抱きしめた。波留は拒まなかったが、しがみついてもこなかった。

「うちのとはセックスレスだって言ったろう? もう一年以上してないよ。男と女じゃなくて家族なんだ、結婚して十年近くも経てば……」

ずいぶんペラペラと嘘がつけるようになったものだと、自分で自分に呆れてしまう。もはや自己嫌悪すらあまり感じない。一度ついてしまった嘘は、つき通さなければ意味がない。良心の呵責《かしやく》に耐えかね、途中で真実を告白してしまうのは最悪だ。相手をしたたかに傷つける。波留のことも、知永子のことも……。

「本当?」

波留が上目遣いで見つめてくる。甘えるようなこんな表情は、教室では決して見せない。

「本当だよ」

髪を撫でてやる。

「今日はしてくれる?」

「もちろん」

浩之はうなずき、唇を重ねた。

彼女が淋しがり屋だと見抜いた山本の慧眼《けいがん》に、浩之は畏敬《いけい》の念を抱いた。たしかに、波留は淋しがり屋だった。おまけに甘えたがりだ。一見そうは見えないのだが、心の中に深い孤独を抱えている。

処女を失ったばかりの二十歳に対し、毎回毎回セックスを求めてはまずい、と浩之は考えていた。男と女は体のつくりが違う。女の場合は、覚えたてのセックスがかならずしも気持ちがいいとは限らないようだし、体だけが目的で部屋に来ていると思われるのも避けたいと思う。

だから、時には服を脱がずに抱きあっているだけでふたりきりの時間を過ごすことにしている。だが、そうすると波留は不安がる。自分からしたがる。

体ではなく、心がセックスを求めているのだ。気持ちはわかる。セックス以上に、求められている欲望を満たせる行為はない。

そういう女を可愛いと思うのは、男の本能なのだろう。鬱陶しいと思う向きもあるのかもしれないが、浩之にとっては新鮮だった。保護欲をくすぐられた。心と体のバランスがとれるように、セックスの悦《よろこ》びを教えてやりたいと思った。

「ぅんんっ……ぅんんっ……」

波留が舌を差しだしてくる。もっと舐めてと、舌先をチロチロ動かす。ぎこちなかったキスも、近ごろ様になってきた。

波留とするキスは、会話に似ている。愛してるよ、という気持ちで舌を舐めれば、わたしも愛してる、と返ってくる。

4

蛍光灯を常夜灯に変えた。

橙《だいだい》色の薄闇になった部屋でお互い下着姿になり、ソファに体を横たえた。立ったまま長々と舌を吸いあっていたせいか、梅雨の湿気が部屋の中にこもりすぎているからか、あるいはその両方だろう、お互いの素肌はじっとりと汗ばみ、触れあうとすべった。

波留のショーツとブラジャーは白だった。とくにセクシーランジェリーというわけではないが、生々しい下着らしさがそそる。

「ああんっ！」

ブラジャーの上から乳房をまさぐると、波留は鼻にかかった甘ったるい声を出した。女らしさが耳に心地いい。終わるまでそうと気づかなかったが、処女を奪ったときは、羞恥の悲鳴と痛みの絶叫ばかりだったのだろう。慣れてくるに従って、あえぐ声音も悩ましくなっていった。

背中のホックをはずし、ブラのカップをめくりあげる。この瞬間は、いつだってドキドキする。二十歳の白く繊細な隆起は、何度見ても見飽きることがない。波留の場合、そこがとびきりの性感という理由もある。

「ううう っ……」

乳首に指を近づけるだけで、怯《おび》えたような顔をする。浩之はもちろん、いきなり乳首に触れたりしない。丸くふくらんだ裾野をくすぐってやると、ぶるぶるっ、と波留は身震いする。せつなげに眉根を寄せ、瞳を潤ませていく。

なんと可愛い……。

浩之は片乳を裾野からすくいあげ、やわやわと揉みしだいた。やさしく、やさしく、と自分に言い聞かせながら指を動かす。そうしてやったほうが感じることを、浩之は波留に教わった。口に出して言われたわけではないけれど、反応を見ていればわかる。

知永子は男からの愛撫をほとんど必要としないから、そういう細かい発見の一つひとつが、浩之にとっては新鮮な刺激だった。自分が感じさせているという、男としての悦びが味わえた。

触るぞ、触るぞ、と乳首に指を近づけていく。ゼリーのように透明感がある淡いピンクの乳首は、波留のもっとも感じる性感のひとつだ。指を近づけていくだけで、息を呑んで身構える。眼を丸くしているのが可愛い。だが、フェイントだ。指は乳首に触れない。波留が安堵《あんど》した顔を見せれば、もう片方の乳首を、ペロリと舌で舐めてやる。

「あああっ……」

肩をすぼめて身震いする。喜悦の震えが体の芯を走り抜けていくのが、手に取るようにわかる。

浩之は波留に覆い被さり、両手で双乳をすくいあげた。熟練の職人につくりこまれた和菓子のように繊細なふくらみを揉みしだき、舌を這わせた。裾野から頂点へ、裾野から頂点へ、つるんとした素肌に唾液の跡を残しながら、しっこく這わせていく。

「あああっ……はぁあああっ……あううっ！」

乳首を口に含めば、波留は白い喉を突きだしてのけぞり、浩之の頭を抱えてくる。ぶるぶるっ、ぶるぶるっ、と身震いがとまらなくなる。浩之は清らかな乳首を交互に口に含みながら、ねちっこく舐めあげる。敏感な波留の乳首は、舐めれば舐めるほど尖っていく。

体勢は正常位に近い。といっても、お互いにまだブリーフとショーツを着けている。あえてその格好のまま、浩之は腰を動かした。ブリーフの中の男根は痛いくらいに硬くなっているし、波留のショーツの中も淫らな熱気で蒸れていることだろう。

股間の隆起を割れ目のあたりに押しつければ、

「ううんっ！」

波留はひときわ激しくのけぞって、浩之の髪の中に指を入れてくる。ずんずんっ、ずんずんっ、と下着越しに突かれるリズムに合わせて身をよじり、髪をくしゃくしゃに掻《か》き毟《むし》る。

浩之は後退り、波留の片膝を折り曲げた。ストレッチのような体勢だが、もちろん柔軟体操の時間ではない。爪先を顔の近くに持ってきて、足指を口に含んだ。

「いやっ……」

波留が焦った声をあげる。

「気持ちよくないかい？」

親指をしゃぶりあげ、指の股に舌を這わせる。

「きっ、気持ちいいけど……でも……」

足は汚いと言いたいらしい。しかし浩之は、汚いなどと微塵《みじん》も思わなかった。むしろ、焦りながらも感じている波留の顔を見ているのが楽しくてしかたがない。

「ねえ、先生、やめて……やめてってば……ああんっ！」

足指をしゃぶりながらショーツ越しに割れ目をいじってやれば、波留はそれ以上言葉を継げなくなる。快感に身をよじるばかりになり、真っ赤に染まった顔を両手で覆う。

五本の足指をじっくりと舐めおえると、浩之は波留の両脚をM字に割りひろげた。

白いショーツがぴっちりと食いこんでいる股間に鼻面《はなづら》を突っこみ、匂いを嗅ぎまわした。

「やめて、先生っ……嗅がないでっ……匂いを嗅がないでっ……」

言いつつも、波留の腰は動いている。ショーツ越しの愛撫が、好きなのだ。もどかしい感じが、気持ちいいのだろう。浩之もまた、じっくりと愛撫してからショーツを脱がす瞬間が、好きでしようがない。鼻の頭でクリトリスを刺激しながら、シミの浮かんでいる部分を舐めた。内側から蜜を、外側から唾液を浴びた薄布は、みるみるシミを大きくしていき、女の割れ目に張りついていく。

「あああっ……はぁあああっ……」

刻一刻と情感のこもっていくあえぎ声が、浩之に力を与えた。もっと感じさせてやりたくなる。処女を奪った波留の性感を開発するのは、自分に課せられた責務のように思えてくる。

ショーツを奪うと、女の匂いが熱気とともに立ちのぼった。

たまらない匂いだった。ショーツの中に封じこめられていた淫らな芳香が解放されるこの瞬間が、浩之は好きだ。いままでのはまだ前戯の前戯、本番はこれからだという気になる。鼻腔《びこう》をくすぐる発酵しすぎたヨーグルトのような匂いが、本能に火を灯してくる。

「あああっ……はぁあああっ……」

濡れた割れ目に吐息を吹きかけているだけなのに、波留のあえぎ声はとまらない。

わずかに合わせ目をほころばせているアーモンドピンクの花びらを、舌先で舐めあげ

ると、

「ああんっ！」

ほんの軽く舐めただけなのに、波留は腰を跳ねあげた。いや、触るか触らないかの感じで、軽く舐めるほうが彼女は感じる。めちゃくちゃに舐めまわしたい欲望をぐっとこらえて、浩之は舌を踊らせる。舐めているというより、舌先で花びらの縁《ふち》をなぞるように、慎重に刺激していく。

焦ってはならなかった。舌を使いながら時折、白い内腿を爪を使ってくすぐりまわす。なにかをこらえるように、唾液にまみれた足指がぎゅっと丸まっていく。花びらが開いてくれれば、口に含んでしゃぶってやる。波留はそれがとても感じるようで、上体を後ろに曲げて甲高い悲鳴をあげる。花びらをしゃぶりながら、クリトリスの包皮を剝いたり被せたりしてやれば、ひいひいと喉を絞ってよがり泣く。

たまらなかった。

これがセックスの愉悦なら、自分は三十歳になる現在まで、それを知らずに生きてきた。セックスとはなにも、腰を振りあって射精やオルガスムスだけを目指すものではない。

浩之は愛《め》でたいのだ。好きな女の体を愛でたい。頭の先から爪先まで、撫でたりさすったり揉みしだいたりいじったり、舌を這わせてやりたい。

それに勝《まさ》る愛情表現は、ないような気がする。波留の両脚の間を舐めまわすほどに、浩之の胸は熱くなっていく。肉体的な興奮とはまた別の意味で、感極まってしまいそうになる。

自分はこんなにも、この女を愛している。クンニをしながら、そのことばかりを考えている。好きでもない女なら、これほど執拗《しつよう》に舐められない。自分の愛を確認することもまた、セックスの目的のひとつではあるまいか。

5

「ねえ、先生っ……」

波留がハアハアと息をはずませながら、腕をつかんできた。

「わたしにもっ……させてっ……」

「……よし」

浩之は口のまわりの蜜を拭った。

「一緒にしよう……」

ブリーフを脱ぎ、横向きのシックスナインの体勢になる。波留は紅潮した顔をぼうっとさせて、男根に細指をそっとからめてくる。すりすりと何度かしごいてから、切っ先を口唇におずおずと咥えこんでいく。

「むううっ……」

浩之は咥えこまれる快感を噛みしめた。波留は唾液の分泌量が多いから、口内がよくすべる。ぎこちない舌の動きも気にならないほど、咥えこまれた感触が心地いい。

フェラチオが嫌いな男はいないと思うが、浩之も例外ではなかった。ただ、波留には強要はしたくなかった。フェラチオが苦手な女もまた多いと聞くから、無理にさせるくらいなら、彼女の体を愛でていたほうがずっといい。

しかし、波留はやりたがった。

自分ばかり舐めまわされているのが、居心地悪いらしい。その気持ちはよくわかったので、シックスナインを提案した。すんなり受け入れられたので、逆に驚いた。知永子に提案したときは、かなり冷たくあしらわれたものだ。

「うんぐっ……ぐぐぐっ……」

知永子ほどのテクはなくとも、波留の口腔奉仕には初々しさがある。二十歳の唇は弾力に富んで、舌はつるつるとどこまでもなめらかだ。

なにより表情がいい。普段の波留からは女らしいフェロモンなんてほとんど感じないのに、舐め顔がいやらしい。知永子のように男に見られることを意識して表情をつくっているのではなく、とても健気だ。そうでありながら、紅潮した頬から二十歳の初々しい欲情が伝わってくる。

一方的にしゃぶられていると暴発してしまいそうなほど、そそる表情だった。浩之は波留の両脚をあらためて大きく割りひろげて、クンニリングスを再開した。キスで会話ができるふたりは、シックスナインでも意志を通じあえる。浩之がねっとりと舌を這わせれば、波留もねっとりと舐めてくる。舌先を動かしてチロチロとクリトリスを刺激すれば、頭を振って大胆にしゃぶりあげてくる。

愉悦が行き交う。

寄せては返す快楽の波に身をゆだねていると、まるでふたりで音楽を奏《かな》でているような気分になった。もちろん、とびきりいやらしい交響曲だ。もれる呼吸音、くぐもった声、蜜を啜る粘っこい音、それらをミックスして、交響曲はクライマックスに向かっていく。ゆっくりと、だが確実に……。

「もういい」

浩之は勃起しきった男根を波留の口から引き抜いた。彼女がシックスナインに応じてくれて以来、オーラルセックスのないセックスは、本物のセックスではないと思えるようになった。

しかし、それでフィニッシュしてしまうのも、また本物のセックスではないだろう。シックスナインで感じれば感じるほど、喜悦に身をよじって体を熱くしていけばいくほど、ひとつになりたくなる。体を重ね、性器を繋《つな》げて、恍惚を分かちあいたくなる。

体勢を変え、波留の両脚の間に腰をすべりこませた。隆々と反り返った男根は唾液をたっぷりと纏《まと》い、陰毛までしたたっている。根元を握りしめ、切っ先を入口にあてがう。そちらもびしょ濡れなので、ヌルヌルとよくすべる。

「ぅんんっ……あぁっ……」

波留が薄眼を開けて見つめてくる。眉根を寄せた祈るような表情が、食べてしまいたくなるほど可愛らしい。

「いくよ……」

浩之は血走るまなこで波留を見つめた。息を呑み、腰を前に送りだしていく。自分でも驚くほど硬くなったもので、女の割れ目を穿つ。アーモンドピンクの花びらを巻きこんで、中に入っていく。波留は恥毛が薄いから、割れ目に肉棒が埋まっていく様子がよく見える。

「んんっ……あああっ……」

浅瀬で小刻みに出し入れしてやると、波留は吸いこんでいた息を吐きだした。しかし、まだ奥まで貫いていない。もう一度息を呑む。見つめあいながら、浩之は小刻みな出し入れを繰り返し、じわじわと結合を深めていく。

波留の中はよく濡れている。そのくせ締まりはいい。処女を奪ったときほどではないけれど、よく締まる。結合に気を遣う。浩之は痛い目に遭わせたいわけではなく、気持ちよくしてやりたいのだ。

「あああっ……」

ずぶずぶと最奥まで入っていくと、波留はもう一度大きく息を吐きだしながら喜悦に歪んだ声をあげた。

両脚をM字に割りひろげられ、両手は枕《まくら》をつかんでいる。これ以上なく無防備な姿を、浩之は見下ろしている。腰を前後に振れば、おのが男根が出し入れされる様子が見える。ずずっと抜いていくとき、小さな花びらが懸命に肉竿に吸いついてくる。健気な光景に、動きださずにいられない。腰を前後に振りたて、リズムを刻む。本当によく濡れている。ぬちゃっ、くちゃっ、と卑猥な肉ずれ音を撒き散らしながら、規則的なピッチで抜き差しを繰り返す。

「ああっ、いいっ……いいよっ、先生っ……」

波留が声を震わせる。瞳がみるみる潤んでいき、けれども眼力は強くなっていく。長い睫毛を震わせながらも、決して眼をつぶらない。処女を奪ったときはしっかりと眼を閉じていたが、見つめあいながらしたいと浩之が提案した。最初は困った顔をしていたが、波留もこのやり方が気に入ったようだった。

「ああっ、先生っ……いいっ……気持ちいいっ……」

紅潮した頬がひきつり、小鼻が赤くなっていく。唇は半開きのまま閉じることができず、絶え間なく息をはずませている。

「むううっ！　むううっ！」

浩之の鼻息も荒々しくなっていくばかりだった。喜悦に歪んだ波留の顔を見ているだけで、いても立ってもいられなくなるほど興奮した。おのが男根で感じさせている実感があるからだ。自分でリードするセックスは、肉体的な快楽だけではなく、心までも満たしてくれる。そしてもちろん、自分がやりたいように女の体を扱える。

波留の左脚をまっすぐに伸ばし、肩に担いだ。そうすると中であたる角度が少し変わる。しかし、目的はそれではない。そのまま左脚を右側に倒して、両脚を揃えさせ、波留の腰を引いてやる。

「えっ？　なにっ……」

波留は四つん這いの格好で振り返った。結合状態を保ったまま、正常位からバックへと体位を変えたのだ。この前ＡＶで見たシーンを真似てみたのだが、思いのほかスムーズに移行できた。

「どうしたの？　なにしたの先生っ？」

波留は尻尾《しっぽ》を踏まれた猫のように振り返り、魔法にでもかけられたような顔を向けてくる。浩之もまた魔法をかけたような気分になっている。波留の腰をがっちりつかみ、ストロークを送りこんでいく。

三十歳にしてようやく、騎乗位以外を経験した浩之にとって、バックは特別に思い入れがある体位だった。肛門さえ見せて尻を突きだしている無防備な女を、後ろから突きあげる快感は、筆舌《ひつぜつ》に尽くしがたい。この女を支配している、という男らしい気分に浸《ひた》ることができる。いや、男というより獣の牡《オス》か。

パンパンッ、パンパンッ、と乾いた音をたてて連打を送りこむと、

「あああーっ！　はぁあああーっ！」

波留は甲高い声をあげて四つん這いの身をよじった。最初にバックスタイルを求め

たとき、彼女はひどく羞じらった。けれどもいったん結合してしまえば、盛りのついた獣になった。バックであたる角度が、いちばん感じるらしい。浩之に顔を見られる心配がないから、思う存分乱れられるのかもしれない。とにかく、この体位だと激しくあえぐ。黒革のソファを爪で掻き毟りながら、白い背中に汗の粒をびっしりと浮かべていく。

浩之は腰振りのピッチを緩め、波留の背中に上体を被せていった。舌を伸ばし、汗の粒を舐めた。そうしつつ、後ろから乳房をすくいあげ、やわやわと揉みしだいた。

「ああんっ！」

波留が振り返る。無理な体勢ながら、必死に首をひねって口づけを求めてくる。舌をからめあいつつ、浩之はねちっこく乳房を揉んだ。乳首までつまんでやれば、波留はじっとしていられず尻を振りたてる。

バックスタイルで、男が後ろから体を密着させてしまうと、どうしても男根が抜き差ししにくくなる。浩之はピストン運動ではなく腰をグラインドさせていた。すりこぎで木の実をつぶすように、男根で子宮を押しつぶしていた。波留が尻を横に振りはじめたことで、摩擦《まさつ》感が格段にアップした。

「ああっ、いいいっ……」

「むううっ……」

波留が蜜を漏らしすぎているので粘っこい肉ずれ音がたち、その卑猥な音色がふたりを強く結びつけていくようだった。激しく突きあげたいのを我慢して腰をグラインドさせるほどに、浩之の興奮は高まっていく。波留もそのようだった。おそらく、発情の証《あかし》だろう。唾液の分泌量がすごい。啜って嚥下してやると、潤んだ眼をうっとりと細めた。

「ねえ、先生っ……」

上ずった声で言った。

「わたしおかしいっ……なんかおかしいっ……」

ひどく焦った顔をしているので、浩之も焦ってしまった。しかし、波留は尻を動かしている。気持ちがよくないわけではないだろう。むしろ逆に、感じすぎて戸惑っているようだった。

「おかしいっ……おかしくなるっ……」

いわゆる中イキ——結合状態でオルガスムスに達したことが、波留はまだなかった。いまそのときが訪れようとしているのだと悟った浩之は、上体を起こして波留の腰をつかんだ。一打一打、えぐりこむような勢いで連打を浴びせた。

「ああっ……あああっ……あああっ……はぁあああーっ！」

波留の悲鳴が切羽《せっぱ》つまっていく。顔が見られないのが残念だが、四つん這いで尻を突きだしてくる姿もそそる。その格好で、いまにもエクスタシーに達しようとしている。

浩之は突きあげる。胸を張り、腰を反らせて、怒濤《どとう》の連打を送りこんでいく。

一瞬、時間がとまったような感覚があった。音が聞こえなくなり、視覚が色彩を感知しなくなった。もちろん、腰は動いている。肉と肉とがこすれあう、その生々しい感覚だけは間違いなくある。波留の中にある無数の肉ひだが、ざわめきながら男根にからみついてくる。そんなことまでわかるはずがないのに、肉ひだの一枚一枚が意思をもつ生き物のように、ぴたり、ぴたり、と男根に吸いつき、奥へ奥へと引きずりこもうとしているようだ。

まるで、無重力の中でまぐわっているような、不思議な感覚だった。あらゆる五感が鈍《にぶ》くなっているのに、性器の結合感だけは鮮烈すぎる。ふたりでひとつの生き物のようになって、無重力の空間に浮いているようだ。

「……イッ、イクッ！」

短く叫んだ波留の声が、浩之の感覚を現実に引き戻した。おのが男根を咥えこんだ四つん這いの女体が、きつく身をこわばらせていた。それが解き放たれ、ビクンッビクンッ、と激しい痙攣《けいれん》を開始した。

「はぁあああーっ！　はぁあううううーっ！」

波留はいままで聞いたこともない声をあげて、のたうちまわっている。体が震えているのではなく、震えの中に体を置かれたような感じで、喜悦の嵐に揉みくちゃにされている。

浩之は突いた。

突いて突いて突きまくった。

オルガスムスに悶絶している女の姿に興奮しながら、鋼鉄のように硬くなった男根を抜き差しすること以外、なにもすることができなかった。

6

「……すごかった」

まだ呼吸が整っていないのに、この気持ちを伝えずにはいられないという感じで、波留は言った。

「どこかに飛ばされちゃうのかと思った……天井を突き破って空とか……ううん、宇宙まで行っちゃいそうな感じ……」

生まれて初めて経験した結合状態でのオルガスムスの、それが波留の感想だった。

たしかにすごかった、と浩之はうなずいた。射精の余韻が去っていっても、波留を絶頂に導いたときの感覚が、まだ生々しく体の中に残っていた。

知永子もセックスすればかならずイクが、二重の意味で全然違った。まず、激しさが違う。波留の場合、全身を痙攣させる動きが尋常ではなく、しかも時間がかなり長い。達しきったあたりでピストン運動をとめてやっても、それから一分以上身をよじっていたのではあるまいか。

さらに重要なのは、知永子は自分本位でオルガスムスをむさぼっているという事実だった。騎乗位なので、基本的に自分がイキたいタイミングでイクことができる。浩之にできるのはせいぜい乳房を揉むくらいで、あとは眺めていることくらいしかできない。

一方、波留の場合は、自分がイカせた、おのが男根で絶頂に導いた、という実感がある。この差は大きい。セックスとは双方向的なものであるはずだし、女をイカせることで、男だって満足感を得られる。

言い方は悪いけれど、知永子のやり方は、まるで男の体を使ってオナニーしているようなものなのだ。それで男が、満足感を得られるわけがない。

「先生もよかった？」

波留が胸に顔をこすりつけて甘えてくる。

「ああ……すごくよかった……」

浩之は乱れた髪を撫でてやった。指先で顎を持ちあげて、キスをした。舌をからませたりせず、唇を重ねるだけでゆっくりと。それから、好きだよ、とささやいた。波留がまだ、なにか言いたげな顔をしていたからだ。

言いたいことはわかっていた。言わせるわけにはいかなかった。奥さんよりもよかった？

「これからきっと、どんどんよくなっていくぞ」

からかうように、乳首をいじってやると、

「やんっ……ダメッ……くすぐったい……」

波留は肩をすくめて身震いした。

「処女じゃなくなってから、まだひと月くらいだろう？　それで中イキしちゃうなんて、エッチな体だ。女の人にはさ、一生中イキしない人も珍しくないらしいからな」

「……エッチなの嫌い？」

波留が不安げに見つめてくる。

「まさか」

浩之は笑った。

「エッチなほうが人生楽しいに決まってる」

「わたしの場合、溜《た》まってたから……」

「えっ？」

「いまどき二十歳まで処女なんて、遅れてるというか……」

「そんなことないよ」

浩之は波留を抱きしめた。

「俺は嬉しいよ」

「なにが？」

「波留が愚《おろ》かな女じゃなくて」

「愚かってなに？」

「好奇心だけで、好きでもない男に抱かれるような女じゃなくて……」

しかし、と波留の髪を撫でながら浩之は思った。

せっかく大事に守っていた処女を、よりによって妻帯者に捧げた彼女は、愚かではないのだろうか。

答えは見えない。

いや、正視するには勇気がいる。

他人《ひと》が聞けば、愚かと言うに決まっているのだから……。

第四章　奇妙な部屋

1

そのうち冷めるのではないか、という淡《あわ》い期待がどこかにあった。

時間が解決してくれるのを待つ以外、手の打ちようがなかったわけだが、こんなことはいつまでも続かないだろうと思っていた。

いくらなんでも、毎日のように教え子の家に入り浸《いびた》っているなんて、常軌を逸した異常事態としか言い様がない。

恋愛の渦中《かちゅう》にいる男女は、程度の差はあれ異常な心理状態に陥《おちい》っているという。相手以外になにも見えなくなり、常識を失い、仕事が手につかなくなる――自分がいまそういう状態にあることを、浩之は強く自覚することにした。自覚していないと、とんでもないアクシデントを起こしてしまいそうだった。

初夏の終わりに始まった波留との恋は、梅雨《つゆ》を過ぎ、夏を乗り越え、秋が深まっても、いっこうに冷める気配がなかった。それどころか過熱していくばかりで、自分たちの手にも負えなくなりそうだった。

「わたし、本気で誰かを好きになったの初めてかも……」

セックスのあと、波留が言った。背中を向け、独《ひと》り言《ごと》のようにボソッと言ったのだが、浩之の胸はえぐられた。自分こそそうだ、と言ってやりたかった。波留を愛《いと》しいと思うこの気持ちが恋と呼ばれるものなら、自分はいままで恋をしたことがない。知永子に対する思いとはまるで別物だった。

しかし、それを口にはできない。言えば感情がダダ漏《も》れになる。本当に常識を失って、彼女のことしか見えなくなってしまいそうだ。

それでも、浩之が世界で誰のことをいちばん愛しているのか、波留はわかっているはずだった。都合のいい嘘をたくさんついていたけれど、そんなことはどうだっていい。言葉ではなく、心と体で理解しているはずだ。

そういう領域に、ふたりはすでに足を踏み入れていた。

あれは秋と冬の境目の夜のことだった。

「珍しいな、こんな時間まで」

デスクで期末試験の問題づくりに没頭《ぼっとう》していると、山本に声をかけられた。時刻は午後十時。いつもならもう職員室にいないし、授業のあとにデスクワークをすることもない。

今夜は波留の部屋に行けないのだ。このところ週に二日は学校も休んでいる。夜勤担当の同僚が交通事故に遭《あ》って入院し、みんなでシフトを代わってやっているらしい。

とはいえ、部活を担当しているという嘘をついた以上、早々に家に帰るのもはばかられ、残業をしていたのである。

「時間があるなら、たまにはどうだい？」

山本が猪口《ちょこ》を傾ける仕草をし、意味ありげに笑う。

「そっちはクルマだろう？」

浩之は苦笑したが、

「タクシーで帰ればいいさ」

山本に半ば強引に連れだされた。学校帰りに誘われたことなんて初めてだったので、なにか話があるのかもしれないと思った。

向かった先は、学校から歩いていける距離にある小料理屋だった。浩之には外で飲む習慣がないが、このあたりにはいい酒場が多いらしい。なにしろ海の町なので、魚介類は新鮮だし、酒所も近い。刺身をあてに熱燗《あつかん》を飲めば、日本人に生まれてきた喜びを嚙《か》みしめられる。

とはいえ、飲むほどに気分が悪くなっていった。珍しく誘ってきた山本に、話をうながすことも忘れ、ムキになって熱燗を流しこんでしまった。

テレビのせいである。

浩之と山本は、七席ほどあるカウンターのいちばん端にいた。反対側の端に小型テレビが置かれていて、その前に座っている中年男が番組を眺めながらニヤニヤ笑っている。他に客はいなかったが、彼が酒の肴《さかな》にしているようなので、チャンネルを変えてくれとも言えない。

バラエティー番組が、不倫スキャンダルを取り上げていた。下品きわまりない番組だった。美熟女ふたりと同時に関係していたというジャーナリストを、出演者が寄ってたかって口汚く罵《ののし》っている。

「要するに二股かけてたんでしょ、この男、いい年して」

「片一方に浮気を隠し、もう片方には既婚の事実を隠してたっていうんだから、クズ中のクズだよ」

「男の風上にも置けないね」

「まったく、ジャーナリストが聞いて呆れちゃう」

他人《ひと》の恋路にどうしてそこまで熱くなれるのだろう、と浩之は思った。二股をかけるのがよくないことなんて、子供でも知っている。にもかかわらず、そこに足を踏みこんでしまう事情はそれぞれの人間固有のもので、他人が口を挟める問題ではないのではないか。

「最低だな……」

浩之は山本だけに聞こえる小声で吐き捨てた。

「二股をかけてたジャーナリストじゃないぜ。他人の色恋沙汰《ざた》をネタに、ふんぞり返って正論をぶってる連中が見るに堪《た》えない」

「テレビだからなあ……」

山本が苦笑する。

「視聴者が喜ぶことなら、なんでもするんだよ。だが正直、俺にもよくわからん。不倫を糾弾《きゅうだん》するってことは、要するに不倫に怯《おび》えているわけだろ？　もし自分が浮気をされたらどうしようって、世の奥さまたちは怖がってるわけだ」

山本が猪口の酒を空けたので、浩之は酌《しゃく》をしてやった。

「そんなに自信がないのかよ、って思うけどね。自分とこの夫婦がしっかりしてれば、他人が何股かけようが関係ないじゃないか」

「自信満々だな」

浩之はささくれだっていく気分をどうすることもできなかった。

「もしかして、いままで一度も浮気をしようと思ったことなんてないのか？」

「ないね」

即答だった。

「そっちはあるのか？」

「いや……実際にはないけど、気持ちはわかるんだよ。人間なんて、悪いってわかってたって悪いことしてしまう生き物じゃないか。そうじゃなかったら、ロボットだよ。間違うからこそ人間……もちろん、不倫や二股を礼賛《らいさん》してるわけじゃないぜ」

言いながら、背筋が寒くなっていくのを感じた。猪口を空けると、今度は山本が酌をしてくれた。

浩之は浮気をしていた。首までどっぷり浸かっていた。悪いとわかっているが、他人に悪いと指摘されるのは不快だった。罰を受けるのはかまわない。波留とのことが明るみに出て、職を失うなら甘んじて受けとめる。妻に去られ、ペナルティとして大金を要求されても、支払う義務が自分にはあると思う。

しかし、本当の本当に、自分は悪いことをしているのだろうか？

教員という立場上、風紀を乱すのは悪いことだろう。妻を傷つけることだって悪いに決まっている。

だが……。

「人を愛するのは悪いことなのかね？」

浩之は絞りだすような声で言った。

「あのニヤけたジャーナリストの肩をもつわけじゃないが、その一点で、俺は擁護《ようご》したくなるんだよ」

「悪いことかどうかは、誰にもわからん」

山本はぼんやりと視線を宙に投げながら言った。

「ただ、怖いよ……人を愛するのは怖いことだ……とても怖い……」

浩之は狐《きつね》につままれたような気分で山本の横顔を見つめてしまった。みずからをガラッパチと称する彼は、気取りのない、無骨な男だった。自他ともに認める愛妻家でもあり、墓場に行くまでその立ち位置は不動であろうと思われた。

人を愛するのは怖いこと……。

そんな男の口にする台詞《セリフ》ではなかった。もしかすると山本は、波留との関係を知っているのではないかと思った。相手は特定できなくても、浩之が浮気をしていることを勘《かん》づいていて、それをたしなめるために酒の席に誘ってきたのでは……。

いっぺんに酔いが醒《さ》めてしまい、浩之は話題を変えた。

結局、山本は最後まで決定的なことは口にしなかったが、浩之は警告と受けとることにした。

ただ、同僚であり、大切な友人でもある男の警告をもってしても、とどまることができないのが恋愛というものだった。

冬が本格的に訪れると雪が降った。海際なので何メートルも積もることはないが、それでも町は白い雪化粧に覆《おお》われる。

町角で雪だるまを見るたび、あれはまるで自分たちだと浩之は思った。ふたりはまるで雪だるまみたいなものだと……。

別々の人格をもち、別々の人生を歩んでいるふたりが、あるとき出会った。ふたつの雪だるまがぶつかりあい、合体して、坂を転げ落ちていくのが恋なのだ。雪だるまはひとつになり、それまでの身の丈を遥《はる》かに超える大きさとなっていく。一足す一は二ではない。百にも千にもなるのが恋の力であり、浩之はその力を侮《あなど》っていた。

いや、単純に知らなかった。知永子とのときとは感情の動き方が全然違うのだ。このままでは取り返しのつかないことになるかもしれないとわかっているのに、波留の部屋に通うことをやめられない。不安を掻《か》き消すように激しく抱く。彼女もまた、不安を抱えている。相手の男が妻帯者であることを気にしていないわけがない。勢い情事は燃え狂う業火《ごうか》のようになり、快感だけがどこまでも深まっていく。

「ねえ、先生……」

波留が虚《うつ》ろな眼で見つめてきた。

「わたし、もうすぐ卒業だね……」

「……ああ」

「卒業したら、先生と生徒じゃないね……」

「……ああ」

「そうしたら、もう会えなくなるの？」

「いや……」

坂道を転がりだしたふたつの雪だるまは、ひとつになっただけではなく、巨大にふくれあがっただけではなく、行き先をコントロールすることもできなかった。

「俺は……波留とずっと一緒にいたい……」

「奥さんは？」

「別れる」

嘘をついたつもりはなかった。心から、本気でそう言っていた。

「一緒に暮らそう、波留……結婚は……すぐには無理かもしれないけど、そういうことも徐々に考えながら……」

知永子と別れることで失うものを、指折り数えてみた。

償《つぐな》いは、しなければならない。たとえ何年かかっても、求められたことを誠心誠意実行する。海辺のあの家は、処分することになるだろう。残念だが、しかたがない。元教え子と一緒に暮らしていることが噂《うわさ》になれば、教師でいられなくなるかもしれない。学校からも、同僚からも、父兄からも、信用を失う。狭《せま》い町だ。そもそもこの町に居づらくなることさえ考えられる。

波留を連れて東京へ戻る……。

実際のところ、それがいちばんリアリティのある道行きかもしれなかった。東京に行けば、この町に残るよりずっと仕事が見つけやすい。波留だってそうだ。都会にいれば、いろいろなことにチャレンジできる。

浩之はこのとき、気づいていなかった。そういう問題ではない、と諭《さと》してくれるもうひとりの自分が、恋の力で吹き飛ばされていた。

まず最初に慮《おもんぱか》らなければならないのは、なにより知永子の気持ちだろう。金を払えばいいというわけではない。心変わりしたから簡単に別れましょうですむほど、結婚は軽いものではない。

暮れも押し迫った十二月のある日、道ならぬ恋に浮かれ、右往左往《うおうさおう》するばかりだった浩之に、冷や水を浴びせるような事件が起こった。

すでに学校は冬休みに入っていた。長期の休みは、波留と会う時間を奪《うば》われる。学校が休みなのに深夜に帰宅するのは不自然だから、忘年会だと言い訳しても、そう連日出かけていくわけにはいかない。おまけに正月は、夫婦揃《そろ》って帰省しなければならない。憂鬱《ゆううつ》だったし、苛々《いらいら》した。

会えない時間に、波留の気持ちが離れてしまうのが怖かった。妻と仲良く帰省旅行を楽しんでいると思われるのがつらかった。かといって、憂鬱な顔をしていては、知永子になにかを勘ぐられてしまうかもしれない。普段通りに寛《くつろ》いだ顔を見せなければばならないことが、よけいに苛立ちを募《つの》らせていく。

午後七時過ぎ、一本の電話が入った。

学校からだった。

テーブルには知永子がつくった料理の皿が並び、そろそろワインを開けようというタイミングだった。

「山本くんが亡くなった」

電話越しに聞こえてきた教頭の声は、沈痛極まりないものだった。

一瞬、意味がわからなかった。数日前の終業式で顔を合わせたときは元気だった。小料理屋で一杯飲《や》って以来、プライヴェートで会う機会はまったくなくなっていたが、学校ではいままで通り普通に付き合っていた。

「事故ですか？」

「いや……」

教頭の声はますます沈んでいく。

「自殺……心中かな……奥さんと一緒に旅立ったそうだ……」

ますますわけがわからなくなり、クルマで学校に駆けつけた。教頭をはじめ、四、五人の教員が集まっていた。

「いったいどういうことなんですか？」

青ざめた顔で詰問《きつもん》する浩之に、その場にいた人々が代わるがわる、途切れ途切れに事情を説明してくれた。

「奥さんが末期癌《がん》だったらしい……」

「発覚したのが夏ごろで、もう手の施《ほどこ》しようがなかったみたいでな……」

「余命半年とか三カ月とか言われたんだろう。まあ、医者というのは余命を短めに言うもんだが……」

「とにかく、奥さんはもう、助からないとわかったんだろうね……」

「山本くんはカミさんを溺愛《できあい》していたからなあ……」

「ああ、そうだ。あれほど一本気に女房に惚《ほ》れこんでいる男っていうのも、いまどき珍しかったよ……」

話を聞いても、浩之にはとても現実のこととは思えなかった。

早百合が末期癌に冒《おか》されていたというのもショッキングだったが、だからと言って心中するなんて、正気の沙汰とは思えない。

人は死ぬ。かならずひとりで死んでいく。先立つ者には先立つ者の、残される者には残される者の、それぞれ悲しみがあるわけだが、いくらぞっこん惚れこんでいたとはいえ、一緒に死んでしまうなんて……。

人を愛するのは怖いこと……。

山本の台詞が耳底に蘇《よみがえ》り、浩之は震えがとまらなくなった。あのとき彼の頭の中には、すでに心中のことがチラついていたのではないか。愛する妻を失っても生きていけるなにかを、浩之との会話に求めていたのかもしれない。

なんということだろう。

痛恨《つうこん》に目頭が熱くなっていく。悔《く》やんでも悔やみきれない。浩之は自分のことで精いっぱいで、友の気持ちの揺らぎに気づいてやることもできなかった。

職員室に続々と人が集まってきた。

教員だけではなく、生徒もいた。山本は生徒に慕われる教師であり、とりわけヤンキーや不良の属性がある生徒とは、特別な絆《きずな》があったようだ。

「山さんっ！　山さんよおっ……」

泣き崩《くず》れる生徒たちの声が、しんしんと雪が降りしきる夜の学校に響きわたった。

2

浩之と知永子がようやく新幹線に乗ることができたのは、大晦日《おおみそか》になってからだった。予定より一日遅れの、東京への帰省である。

山本夫婦の葬儀は親族だけで行なわれることになり、生徒たちが参列できるお別れの会は年明けに別途開かれると告知された。

それでも、プライヴェートでも付き合いがあった浩之は、知永子を伴《ともな》って、通夜から手伝いに行き、できることはなんでもやった。

つらかった。死因が死因だけに集まってくる親族たちの表情も一様に重苦しく、故人を偲《しの》んで和《なご》やかに酒を酌《く》み交《か》わす雰囲気《ふんいき》でもない。

葬儀は死んでいった者のためというより、残された者たちが気持ちの整理をつけるために行なわれる儀式であると思う。しかし、たった一時間で小さな骨になってしまった山本を前に、気持ちの整理などまったくつかず、諸行無常《しょぎょうむじょう》の虚《むな》しさばかりがこみあげてきた。

「大変なお正月になっちゃったね?」

「……そうだな」

「山本さん、相談できる人いなかったのかしら？」

「……どうだろう」

浩之は力なく頭を振るばかりだった。たとえ尊敬する親兄弟でも、信頼を寄せる無二の親友でも、相談などできるわけがない。相談したところで、心中などやめろと諭されるだけに決まっているからだ。浩之だって、事前に話を聞いていればもちろんとめた。いまでもまだ、心中などという最期《さいご》を選んだ山本の気持ちは理解できないし、正気の沙汰ではないと思っている。

それでも、誰にも賛同されることのない、狂気じみた愚行《ぐこう》とわかりきっていてなお、山本は妻と一緒にあの世に行く道を選んだのだ。その決断は、決して軽く扱えるものではない。

自分にそんな決断ができるかどうか、考えこんでしまう。

たとえば知永子が余命数カ月と宣告されたら……。

あるいは波留が……。

車内販売でカップ酒を買い求めた。味わいもせず喉《のど》に流しこみ、眠りについてしまおうとした。考え事をする気力もないほど心身ともに疲れきっていたが、眼をつぶってもなかなか睡魔《すいま》は訪れてくれず、結局まんじりともできないまま新幹線は東京に到着してしまった。

大晦日は浩之の実家に、元旦は知永子の実家に泊まった。

予定では、あと一泊ホテルに泊まることになっていたが、山本の葬儀でスケジュールの変更を余儀《よぎ》なくされ、予約したホテルはキャンセルしてあった。

「どうする？　今夜のうちに帰っちゃう？」

「うーん、どうしようか……」

浩之はなんとなく、あの町に帰りたくなかった。帰ればどうしたって、山本のことを考えてしまう。いや、帰らなくても頭から離れないから、より生々しく彼の死を感じてしまうと言ったほうが正確だろうか。

正月の東京は気持ちのいい青空がひろがっていた。

地方に故郷をもつ者が帰省しているので、圧倒的に人が少ない。営業車はほとんど走っておらず、工場なども休んでいるから空気がきれいだ。

浩之は東京に生まれ育った。自然豊かな故郷をもつ者にジェラシーを覚えることもあったが、正月の東京を離れてどこかに旅行に行きたいと思ったことはない。逆に、この澄《す》んだ空の東京を味わえない人たちに同情する。自分が地方に住むようになると、正月に東京に帰省できることが、すこぶる儲《もう》けものに思えたほどだった。

「もう一泊、どこかに泊まっていかないか?」

「どこかってどこ?」

知永子は眉《まゆ》をひそめた。

「うちは、ちょっともう無理よ。もしかして、そっちの家に泊まる?」

否定的なニュアンスの問いかけだった。

浩之の実家には両親の他に妹がおり、知永子の実家には姉夫婦が同居していて赤ん坊までいた。どちらもそれほど広い家ではない。客を迎えるほうも大変だが、迎えられるほうも気を遣《つか》う。実家のやっかいになるのはもうたくさんだというのは、浩之も同じ考えだった。

「ホテルを探そう。一泊くらいなんとかなるだろう」

「予約してないと高いんじゃない?」

「いいじゃないか、少しくらい」

浩之は苦笑まじりに言った。

「本当なら、のんびり温泉にでも浸《つ》かりたいくらいだけど……まあ、そこまでは無理だからさ。どっかでうまいもの食って、ゆっくり休んでから帰ろう。気兼《きが》ねがいらないホテルでさ」

「そうね」

知永子も苦笑する。

「少し骨休みが必要かも。疲れてるでしょ?」

「そっちもな」

眼を見合わせて、お互い力なく笑った。

年末の騒動から、神経が張りつめたままだった。そこへきてお互いの実家に寝泊まりだから、疲れきっていてもしょうがない。


昼過ぎに知永子の実家を出て、向かったのは浅草《あさくさ》だった。初詣《はつもうで》をするために、浅草寺《せんそうじ》の長い行列に並んだ。浅草はふたりにとって思い出深い街だったが、初詣に来るのも行列に並ぶのも初めてだった。

ふたりが知り合った大学は東京の西部にあり、そこから近い盛《さか》り場――吉祥寺《きちじょうじ》や渋谷《しぶや》や新宿《しんじゅく》でデートしていると、知り合いと鉢合《はちあ》わせしてしまう可能性があった。

講師と学生という禁断の関係で恋を始めたふたりにとって、人目についてしまうのはなによりも警戒すべきことだったので、なるべく外では会わないようにしていた。それでもたまには、盛り場を連れだって歩いてみたい気になる。白羽《しらは》の矢を立てたのが浅草だった。大学からは距離があるし、若者が集うイメージもない。実際、東京生まれ東京育ちの浩之も、彼《か》の地に足を踏み入れたことはなく、知永子も子供のころ両親に連れていってもらったくらいだった。

行ってみると、意外に楽しかったので驚いた。江戸趣味が街のあちこちにちりばめられ、昭和の香りも漂《ただよ》っていて、なんとも言えないノスタルジックな雰囲気がした。蕎麦《そば》屋や釜飯《かまめし》屋や洋食屋など、年季の入った店の暖簾《のれん》をくぐると、これまた懐《なつ》かしさに頬がほころぶ。どぜうや桜鍋など珍しい店もあれば、まだ陽が高いうちから路上にテーブルを出して酒宴を始めている通りもあり、ただ歩いているだけでも飽《あ》きることがない。

浩之が大学を卒業し、結婚することになって、いちおう禁断の関係に終止符が打たれてからも、そんなわけでよく足を運んでいた。ふたりとも人混みが苦手で、どんなに人気の飲食店でも行列だけは絶対に嫌《いや》だというタイプだったが、浅草寺の初詣なら並んでみる気になった。まわりはカップルが多かった。いや、カップルだらけだった。お年寄りから高校生らしき若者まで、善男善女はそれぞれの連れあいと肩を並べ、年初の祈りを心待ちにしている。

「わたし、ようやく初詣の秘密がわかった」

知永子が耳打ちしてきた。

「みんな並んでいるのが楽しいのよ。寒い中行列に並ぶなんて、どうかしてると思ったけど……待つことの悦《よろこ》びなのね、これは」

目の前にイチャイチャしている若いカップルがいた。手袋がないので寒そうだが、ふたりはしっかりと手を握《にぎ》りあい、どちらのコートのポケットにそれを入れるかでキャッキャとはしゃいでいる。

なるほど……。

たとえばラーメン屋の行列に漂っているような哀愁《あいしゅう》が、ここには存在しなかった。ラーメン屋に並んでいるのは圧倒的にひとり客が多いけれど、こちらはカップルばかり。寒ければ、身を寄せあって手を繋《つな》げばいい。恥ずかしがることはない。まわりもみんなそうしている。行列がなかなか前に進まないことに苛立つより、そういう相手がいることを確認できることが重要なのである。

たっぷり二時間近く待たされてから、ようやくお参りができた。賽銭《さいせん》は奮発したが、おみくじは引かなかった。浅草寺のおみくじは凶が多いことで有名で、それを知らなかったころふたり揃って凶を引き、がっかりして家路についたことがあるからだった。

3

国際通《こくさいどお》りのすき焼き屋で夕食をとり、バーに移動した。

正月だからと張りこんで食べたすき焼きは極上の味だったし、バーも落ち着いた雰囲気で居心地がよかったが、問題はまだ今夜の宿泊先が決まっていないことだった。

いささか楽観的に考えすぎていたらしい。珍しくシングルモルトなど傾けながら、どうせすぐに見つかるだろうとスマホをいじりはじめたものの、満室か予約受付終了ばかりで、空いているところはべらぼうに料金が高かった。

知永子もスマホを取りだし、ホテル探しに参戦してくれた。それでもなかなか見つからない。せっかく雰囲気のいいバーのカウンターで肩を並べているのに、お互い黙々《もくもく》とスマホを操作し、険《けわ》しい表情で舌打ちしたりしているのは、田舎者《いなかもの》のようで格好《かっこう》が悪かった。

「もうやめよう」

知永子に声をかけ、スマホをポケットにしまった。

「やめようって……どうするの今夜？」

「まともなホテルじゃなきゃ見つかるさ」

意味ありげにささやいてやると、知永子は一瞬視線を泳がせてから、合点《がてん》がいったようにうなずいた。

ラブホテルに泊まればいいのだ。

そう決めたふたりは、純粋に酒を楽しむことにした。とはいえ、会話ははずまない。お互い黙々とグラスを口に運ぶばかりで、ともすれば気まずい空気さえ流れていく。

おそらく、同じことを考えていた。

ラブホテルには思い出がある。

ふたりが初めて体を重ねたのがラブホテルであり、浩之にとってはたった一度だけ足を踏み入れたことがある、男女がまぐわうためだけに用意された淫靡《いんび》な空間だった。

もちろん、予約がなくても泊まりやすいということで、ラブホテルに行くことにしたわけだが、目的がセックスでなくともそちらの方向に気をまわしてしまうのはしかたがないことだろう。

たとえラブホテルでなくとも、宿に泊まるとそういう流れになってしまうのは、ありがちな話だ。一年間もの長きにわたってセックスレスになる前、夫婦で温泉に出かけたときには自然と体を重ねたものだ。旅行にはそういう力がある。非日常的な空間が本能を刺激するのかもしれない。ましてや、セックスのためだけに用意された場所となれば……。

ところが、バーを出て薄暗い路地裏に歩を進めた浩之と知永子は、自分たちの見通しの甘さを思い知らされた。

どのホテルの入口にも、満室のランプがついていた。浅草にはラブホテルが多く、国際通りから一本入ればラブホテル街と言っていいような様相を呈《てい》しているにもかかわらず、入室できそうなところがひとつもない。

一月の冷たい夜風が吹きすさぶ中、宿泊先を求めて街をさまようのは、つらいものがあった。すでに浅草を離れ、上野《うえの》なのか鶯谷《うぐいすだに》なのか、隣接する街に入っているようだったが、路地裏ばかりを歩いているので、方向感覚を失っていた。酒で温まっていた体もすっかり冷えて、焦燥感《しょうそうかん》ばかりが募っていく。

「寒いからタクシーに乗らない？」

知永子はコートに包まれた体を両手で抱きしめている。

「タクシー？　行き先は？」

「運転手さんに頼めば、適当なところに連れていってくれるんじゃないかな」

なるほど、と浩之はうなずいたが、進行方向に紫色の妖《あや》しい看板が見えた。せっかくなので、確認したくなった。

「じゃあ、あそこも満室だったらタクシーに乗ろう」

「いいわよ」

そもそもラブホテルかどうかもわからない看板を目指して歩いた。ほとんど期待はしていなかった。バーであれば少し飲み直してからタクシーを呼んでもらうという手もあるなと思っていたほどだが、看板にはＨＯＴＥＬの文字が見受けられ、満室の灯りもついていなかった。

知永子と眼を見合わせて中に入った。ずいぶんと古めかしい建物だったが、正直言ってホッとした。

無人のフロントに部屋のパネルが置かれているのは、かつて入ったラブホテルと一緒だった。ほとんどの部屋の写真が暗くなっていて、空室なのは最上階の一室だけだった。他の部屋の宿泊料金が一万円前後なのに、そこだけは二万円近くした。それでも泊まるしかない。もう寒空の下で街をうろつくことにうんざりしていた。

エレベーターに乗りこみ、最上階に向かった。といっても、五階建てだ。たいした階数でもないのに、ゴンドラが上昇するスピードがひどく遅く、やけに時間がかかった。あるいは、ここがラブホテルだからだろうか。セックスのために用意された場所であることが、妙な緊張を覚えさせるのか。

思えば、生まれて初めてラブホテルに入ったときも、エレベーターがやけにゆっくり感じられた。しかし、あのときの浩之は童貞で、いまはそうではない。緊張する必要などなにもないのだと自分に言い聞かせても、鼓動が乱れていく。気の利いた冗談のひとつさえ、口にすることができない。知永子の横顔も、なんだかこわばっているように見える。

ようやく五階に辿《たど》りつき、エレベーターを降りた。暗い内廊下に漂っている妖気じみたセックスの気配が鬱陶《うっとう》しかった。ラブホテルに泊まろうと言いだしたことを、浩之は後悔しはじめていた。今夜はもう、清潔な広いベッドで手脚を投げだして寝られればそれでいい。余計な気は遣いたくない。セックスとかセックスレスとか、そんなことは考えたくないのだ。

部屋の扉を開けて中に入った。

「やれやれね……」

後ろからついてきた知永子が苦笑をもらす。

浩之は顔をひきつらせていた。

「なんだ、こりゃあ……」

室内の様子をひと目見て、唖然《あぜん》としてしまった。天井も壁も床も、一面が毒々しい深紅に統一されている。そうでないところは鏡張りで、奥に白いシーツがまぶしいベッドが鎮座していたが、どう見ても普通のラブホテルではなかった。おかしな形をした椅子がある。産婦人科にある内診台のようなものだ。木材がX字にクロスした磔《はりつけ》台のようなものまである。

「なにこれ、ＳＭ？」

知永子が眉をひそめて苦笑する。

「そう……みたいだな……」

浩之はもはや苦笑もできなかった。フロントのパネルで写真をよく見なかったせいかもしれない。それにしても、まさかこんなおかしな趣向の部屋だなんて……。

「出るか？」

浩之が言うと、

「いいじゃない、もう」

知永子は荷物を置き、赤い革張《かわば》りのソファにどすんと腰をおろした。

「いちおうベッドはあるわけだし、眠れないことないでしょ」

おまけに暖房も効いている。寒い外に戻るのはごめんだと、知永子の顔には書いてある。

「しかし……」

「社会科見学だと思えばいいのよ。大人の社会科見学」

知永子はテコでも動きそうもなかったので、

「……ふうっ」

浩之も荷物を床に置き、知永子の隣に腰をおろした。

「ツイてないな、まったく」

「そんなことないでしょ。こんな部屋だから空いてたわけで、空いてたからわたしたちは砂漠にオアシスを見つけることができたわけで」

「まあ……そうか……」

「なんか飲む？」

「ああ」

浩之がうなずくと、知永子は立ちあがって冷蔵庫から缶ビールを二本取りだし、一本を渡してきた。プルタブをあげて飲んだ。体は冷えきっていたが、喉が渇《かわ》いていたのでうまかった。

「それにしても驚きね」

知永子はソファに座らず、缶ビールを片手に部屋を見渡している。

「こういうところでSMする人とか、本当にいるんだ」

「あんまり考えたくないね」

「そんなこと言ってないで、せっかくだから後学のために社会科見学しましょうよ。ねえ、見て見て、ロープがある。これで縛《しば》るのかしら？」

磔台のところで真っ赤なロープを発見し、はしゃいだ声をあげた。

「やめとけって」

「でも、すごくない？　いままでこの部屋で、何百人とか何千人の人が、変態プレイをしてたわけよ。人間のセックスに懸《か》けるエネルギーって、本当に恐るべきものね……」

たしかに恐るべきものだった。ドSとかドMとか、いまは日常会話の中でも気軽に使われているけれど、このホテルはおそらく、そんな言葉が禁忌《きんき》の匂いを放っていた時代から存在し、変態性欲者たちがおぞましい欲望を爆発させる舞台となっていたのである。

欲望の亡霊が、そこに見えるようだった。

真っ赤なロープで緊縛《きんばく》された女がいる。内診台や磔台に拘束《こうそく》されている女もいる。鬼の形相《ぎょうそう》の男に鞭《むち》で打たれ、あるいは極太の張形《はりがた》で陰部をえぐられ、女たちはみな一様に人間離れした阿《あ》鼻《び》叫喚《きょうかん》の悲鳴をあげている。だがしかし、くしゃくしゃに歪《ゆが》んだその顔から滲《にじ》んでいるのは、したたるような愉悦である。おぞましいばかりの快感を力いっぱい嚙《か》みしめて、五体の肉という肉を震《ふる》わせている。

極彩色の変態性欲が渦《うず》を巻いているそんな光景に、浩之は意識が遠のきそうなほどの眩暈《めまい》を覚えるしかない。

男と女とはいったいなんだろう、と思う。

ドロドロの欲望にまみれて快楽をむさぼっている者たちがいる一方で、余命いくばくもない妻と死んでしまった者もいる。どちらが正しいとか、正しくないとかの問題ではない。どちらも正気を失っていると思えると同時に、どちらも正視できないほどまぶしい光を放っている。

そう、まぶしいのだ。

世間の常識などにとらわれず、欲望のままに生きる人間はまぶしい。変態性欲者は、自分にとってなにが必要であるのかがわかっている。人生の優先順位が明確だ。誰がなんと言おうと、変態プレイなしには生きられない。そういう人間に対する漠《ばく》とした憧《あこが》れが、浩之にはあった。

妻への愛に殉《じゅん》じ、ひと言の相談もなしにあの世に旅立っていった山本に対しても、また……。

4

「先生、イキそうっ……またイッちゃいそうっ……」

波留が切羽《せっぱ》つまった顔を左右に振り、腕をつかんでくる。

「いいぞ、イッても……」

浩之は正常位で波留を抱きしめ、腰を振りたてている。いまにも感極まりそうな波留と視線を合わせながら、みずからの射精に向かって走りだす。パンパンッ、パンパンッ、と高らかな打擲《ちょうちゃく》音をたてて、勃起《ぼっき》しきった男根を抜き差しする。

「……イッ、イクッ！」

波留はしたたかにのけぞって、三度目のオルガスムスに駆けあがっていった。ビクンッ、ビクンッ、と腰を跳《は》ねあげてからが、彼女の場合は長い。激しく身をよじりながら、体中を卑猥《ひわい》なまでに痙攣《けいれん》させる。それを抱きしめながらフィニッシュの連打を放つのは、至上の快感としか言い様がない。

浩之は頭の中を真っ白にして突きあげた。ピンで留められたエロ写真のように、波留は連打によって喜悦《きえつ》の絶頂に留められている。自力でおりてくることは許されない境地で、真っ赤に紅潮した顔をどこまでもいやらしく歪めていく。

「おおおっ！」

浩之は最後の一打を打ちこみ、男根を抜き去った。女の蜜《みつ》でネトネトに濡《ぬ》れた肉の棒をみずからしごき、波留の白く薄い腹部に煮えたぎる男の精をしぶかせた。男根を抜いても、波留はまだ身をよじってあえいでいる。ハアハアと息をはずませながら両手を伸ばし、すがるような眼つきで抱擁《ほうよう》を求めてくる。

会心の射精だった。

浩之の予告通り、体を重ねる回数が増えるほど波留の性感は艶《あで》やかに開花していき、いまでは一度のセックスで二度、三度とエクスタシーに達することも珍しくなかった。もちろん、快楽の量が増幅したのは彼女だけではなく、波留がイケばイクほど浩之もまた愉悦の極みを味わえる。

もっとイカせてやりたいという欲望が体力の限界を超えさせ、自我をも超えて恍惚《こうこつ》を目指させる。自分が誰かもわからない状態で、呼吸も忘れて全速力のピストン運動を続けているから、終わったあとの消耗はすさまじい。虚脱《きょだつ》感と酸欠状態で、しばらく口をきくこともできない。

波留もそうだった。ハアハアという呼吸音だけが狭い部屋に充満していく中、浩之は波留の手を握りしめる。どちらの手のひらも汗びっしょりだが、握り返してもらえると安堵《あんど》する。ほんの少し前まで、ふたりはひとつの生き物だった。それが幻《まぼろし》でなかったことが、疲弊《ひへい》を超える多幸感を運んでくる。

しかし……。

今日はあまりのんびりしているわけにはいかなかった。激しいセックスのあとの甘い時間を味わえないのは残念だったが、呼吸が整うのを待って体を起こした。波留にもあらかじめ、早めに帰ることは伝えてある。

「先生……」

波留がか細い声を背中に投げてきた。

「わたし、このまま寝ていい？」

「ああ」

浩之はうなずき、波留に布団《ふとん》を掛けてやった。

「覚えてる、先生？」

波留が眼をつぶったまま言う。

「なんだい？」

「卒業したら、一緒に住むって話……」

「……当たり前じゃないか」

浩之は相好《そうごう》を崩し、波留の唇《くちびる》にキスを与えてから、バスルームでシャワーを浴びた。石鹸《せっけん》を使わず、お湯だけで陰部を丁寧《ていねい》に洗い、体の汗も流した。

バスルームから出ると、波留はすでに寝息をたてていた。あどけない寝顔に後ろ髪を引かれつつ、物音をたてないように注意して玄関から出ていく。

時刻は午後十一時。町は雪化粧に白く覆われていたが、降ってはいなかった。風もなく、音もない。

クルマに乗りこみエンジンをかけた。去年までの自分なら、今夜は波留を抱かなかっただろう。欲望の問題ではない。自宅のカレンダーに丸がついている日だからだ。

しかし、抱いてしまった。

アクシデントではなく、確信犯だ。その証拠に、射精したばかりにもかかわらず、新たな衝動が体の中で疼《うず》きだすのをどうすることもできない。

以前は、たったひとりの妻ももてあましていた浩之だった。もしかすると自分は性的な弱者なのではないかと、真剣に思い悩んだこともある。

だがいまは、そのころの自分がまるで別人のように思えてしかたがない。ひと晩にふたり相手にすることも厭《いと》わない、いやむしろ、自分からそうしようとしているのだから驚きだった。

波留とは身を寄せあうだけでやりすごすこともできたのに、自分から求めた。波留を抱いても、精力を使い果たした気がしない。逆にエネルギーを得た。これから立て続けに妻も抱いてやる——人として最低最悪の行為をしようとしている。にもかかわらず、自己嫌悪に浸ることもできないほど、浩之は欲望の修羅と化していた。まるで悪徳に酔っているように、ふたりの女をはしごすることに奮《ふる》い立っているのだった。

知永子は寝室で待っていた。

布団を剝《は》がすと、黒いレースのベビードール姿だった。透《す》ける生地とレースでつくられたセクシャルな衣装が、三十六歳の熟《う》れた素肌を艶《なま》めかしく飾りたてていた。

しかし、かつてのようにみずから色香を振りまくことはない。顔が怯えている。複雑にせめぎあっている心情が、言葉を交わさずとも伝わってくる。ただ怯えているわけではない。期待もしている。これから始まる夫婦生活に……。

「脱ぐんだ」

浩之はいささか乱暴に知永子の腕を取って起こし、ベビードールを脱がせた。ショーツも脚から抜いてしまい、完全に素っ裸にして上から見下ろした。

「ううう っ……」

知永子は両手で乳房と股間を隠し、恨《うら》めしげな眼を向けてくる。浩之はまだ、セーターさえ脱いでいない。こんなふうに寝室で妻と対峙《たいじ》することなど、少し前なら考えられなかったことだ。

きっかけは、正月のSMプレイ用ラブホテルだった。

いかがわしい雰囲気に妙にはしゃいでいる知永子に、浩之は苛立ちをぶつけるように言った。

「そんなに興味あるならやってみればいいじゃないか」

「やってみるって、なにを？」

とぼけた顔で答える態度に、ますます苛立ちが募っていった。

「拘束されてみたいんじゃないのかい？　たとえばこれに」

浩之はソファから立ちあがり、磔台の前に進んだ。

「馬鹿なこと言わないでよ」

「怖いんだ？」

「そうじゃないわよ。わたしは変態じゃないって言ってるの」

「大人の社会科見学がしたいんじゃなかったのかよ？」

浩之がせせら笑うと、

「べつに……こんなものなんでもないわよ。だけど、そういう性癖《せいへき》がない人間がやってみたって、退屈なだけでしょ」

負けず嫌いの知永子は、みずから進んで磔台に体を預《あず》けた。X字に重ねられた柱の四隅に、チェーンのついた革製の枷《かせ》がついていた。浩之は妻の手足にそれを着けてやった。冗談半分のことだから、知永子は服を着たままだった。コートこそ脱いでいたものの、セーターにロングスカート、それに編みあげのブーツまで履《は》いていた。

しかし、拘束されるなり、顔色が変わった。

「ふふんっ、これで悪戯《いたずら》されても抵抗できないね」

浩之がふざけて胸にタッチしようとすると、顔を真っ赤にして怒りだした。

「はずしてっ！　早くっ！」

声を荒げ、手足をバタつかせた。見た目はいかがわしくても四つの枷はかなりしっかりしているようで、ビクともしなかった。知永子はますます焦《あせ》り、その様子に浩之の脳裏《のうり》には直感めいたものが走った。

怒ったふりをしていても、実は性感を揺さぶられているのではないか。そういう隠された欲望があったのでは……。

「少し……触《さわ》ってもいい？」

「いやよっ！　絶対にいやっ！」

「ほんの少しだよ、おっぱいを触ったり、スカートをめくったり……」

「怒るわよっ！　そんなことしたら……りっ、離婚だからっ！」

「おいおい……」

浩之は鼻白んだ。

「らしくないなあ。なにをそんなに感情的になってるの？　大人の社会科見学なんでしょ」

「いいから早くはずしなさいっ！」

命令口調にカチンときた。講師と学生だったときの口のきき方だった。浩之が無言で睨《にら》んだので、知永子も気づいたようだ。

結婚するとき、彼女は言った。「これからはもう、講師と学生じゃなくて夫婦なんだから、対等に付き合いましょうね」。自分が六つも年上なことを、彼女は気にしていたようだった。人前で過剰なほど浩之を立ててくれるのもそのせいで、にもかかわらず、どうしてこんなタイミングでみずから言いだした誓《ちか》いを破るのか……。

「お願いしますっ……」

今度は哀願《あいがん》口調だった。

「お願いだから、はずしてくださいっ……ね、もうやめてっ……怖いのっ……されるまでわからなかったけど、これすごく怖いのよっ……」

驚いたことに眼尻《めじり》に涙まで浮かべたので、浩之は拘束をはずしてやった。しらけた空気の中、順番にシャワーを浴びてベッドに入った。疲れきっていたはずなのに眠れず、眼は冴《さ》えていくばかりだった。知永子も同じような感じで、もぞもぞしながら何度も寝返りを打っていた。

浩之は勃起していた。痛いくらいだった。

知永子には申し訳ないけれど、磔台に拘束され、余裕をなくして声を荒げたり、そうかと思えば唐突に涙を流した彼女の姿が、ひどくエロティックに思えたせいだ。十年近く付き合っているのに、あんな顔は初めて見た。十年近く付き合っているからこそ、あの顔がただ単に恐怖していたのではないという確信があった。

とはいえ、その夜は何事もなく終わった。

後から考えれば、知永子も欲情していたはずで、ショーツの中に手を入れれば洪水状態だったことだろう。だが、その場で事に及ぶことに抵抗があった。SMプレイ用の部屋で欲望を剝《む》きだしにしたら、ドロドロの変態性欲者になってしまうのではないかという……。

セックスをしたのは、翌日、自宅に帰ってからだ。

カレンダーに丸がついている日でもないのに、新幹線に乗っているときから浩之はそのつもりだった。知永子もそうだったに違いない。ふたりとも眼の下に隈《くま》をつくっているのに、眠りにつくこともできずそわそわと視線を泳がせ、むっつりと押し黙っていた。会話もままならない雰囲気の中、お互いの高鳴る心臓の音だけが重なりあっているような気がした。

自宅に着くと旅装を解くのもわずらわしく、浩之は知永子の手を取って寝室に向かった。リビングの窓から一望できる大海原《おおうなばら》の景色も、心を癒《い》やす潮騒《しおさい》の音も、そのときばかりはお呼びじゃなかった。リビングのある二階には目もくれず、一階の寝室に直行した。

扉を閉めるなり、抱きしめて唇を重ねた。そんなことは一度もしたことがなかったので、知永子は眼を丸くしていたが、拒《こば》むつもりはないようだった。

「手を縛ってみてもいいかい？」

浩之はクローゼットからネクタイを取りだして言った。知永子はさすがに逡巡《しゅんじゅん》した。とはいえ、彼女にしても、昨夜の出来事に感じるところがあったのは間違いようがなかった。住み慣れた自宅に帰ってきたことで、感情を先鋭化させず、リラックスして自分の欲望と向きあうことができたらしい。

「はずしてって言ったら、はずしてくれる？」

上目遣いで弱々しい声を返してきた。

「約束する」

浩之はうなずき、下着姿になった知永子をネクタイで後ろ手に縛った。

結果、予想外の展開が訪れた。

付き合って十年を目前にして、ふたりの性生活はドラスティックな転換を遂《と》げ、それまで夢にも思わなかったフェーズへと大きく舵《かじ》を切っていったのである。

5

便利な世の中になったものだ。

辺鄙《へんぴ》な田舎町に住んでいても、インターネットの通販を使えば、なんでも二、三日後には手元に届く。

おまけに、届く品物自体も進化している。女を拘束する道具と言えば、ロープか手錠くらいしか思いつかなかったが、いまではソフトSMを楽しむための便利グッズとして、マジックテープで着脱できる拘束帯が売られていた。それを使えば、簡単かつ安全に女から手足の自由を奪うことができるのだった。

浩之はそれを使って素っ裸の知永子を拘束した。

両手を背中でクロスさせ、両脚はM字に割りひろげ……。

「あああっ……」

一糸纏《いっしまと》わぬ状態で脚を閉じられなくなった知永子は、恥辱に身をよじった。いままで騎乗位オンリーだった彼女が、実はマゾヒストだったのかどうかはわからない。浩之もまた、ＳＭプレイの経験などなく、興味もなかったからである。

しかし、少なくとも、拘束によって新たな性癖に開眼したことは間違いなかった。あの日、ネクタイで後ろ手に縛っただけで、知永子は乱れに乱れた。軽い愛撫《あいぶ》にひいひいと悲鳴がとまらなくなり、いつもは気持ちの入らない正常位で結合したにもかかわらず、続けざまに二度、三度と絶頂に達した。最後には、快楽のあまり失神して意識を失った。

浩之の手応えは充分だった。

初めて知永子に対して支配欲を満たされた。

そうなれば、ソフトＳＭ用の便利グッズが閨房《けいぼう》に持ちこまれるのも自然な流れというもので、知永子は驚いた顔をしても文句は言わなかった。両脚まで閉じられなくされればなにをされるのかわかりそうなものなのに、気づかないふりをした。

「丸見えだよ……」

両脚の間をのぞきこんで、浩之はささやいた。心臓が、胸を突き破りそうな勢いで早鐘《はやがね》を打っていた。

「いやっ……」

知永子は脚を閉じようとしたが、不可能だった。膝の上に装着された拘束帯が、体の裏側をまわってもう一方の脚に繋げられている。身動きをすればするほど、みじめな格好に拘束されていることを思い知らされるばかりだ。

「知永子さんのここ、ずっと見たかったんだ。感激だな……」

身をよじる知永子の顔を一瞥《いちべつ》し、うっとりと眼を細めて秘部を凝視する。実際には、陰毛が濃すぎて詳細までうかがえない。それでも、知永子は羞《は》じらう。顔を真っ赤にして、首に何本も筋を浮かべている。

浩之はまず、匂いを嗅いだ。夫婦生活で嗅ぎ慣れているはずなのに、鼻を近づけて嗅ぐ匂いは普段よりずっと濃厚だった。ただ強い匂いなのではなく、鼻の奥に染みこんでくる。不思議なことに甘く感じる。果物が熟しすぎて、腐《くさ》れゆく直前の匂いとでも言えばいいか。

「へっ、変な匂いがするでしょ?」

知永子は無理やり笑顔を取《と》り繕《つくろ》って口を開く。

「しかたないのよ、一日中ショーツの中に閉じこめられているんだもの。むっ、蒸《む》れるし……」

浩之は言葉を返さず、黙って視線を送る。この期に及んでフランクに話しかけてくる態度が、滑稽《こっけい》でしかたがない。

「だから、ね、あんまり嗅がないで……恥ずかしいから……」

浩之はきっぱりと無視した。

「知永子さんの気持ち、わかるなあ。シャワーを浴びる前にフェラをしたがる……俺の恥ずかしい匂いを嗅ぎたかったんだ？　恥《はじ》をかかせたかったんだ？」

「ちっ、違うっ……そうじゃないっ……」

「どうだか……」

びっしりと茂った逆三角形の草むらを掻き分け、知永子の花を露《あら》わにした。花びらはひどく大ぶりで巻き貝のように縮れ、色もずいぶんとくすんでいる。波留が可愛いピンクの薔薇《ばら》なら、知永子はさしずめ大輪に咲き誇る深紅の薔薇だった。縁の黒ずみもいやらしく、毒々しさで男を魅了する。

すでに濡れていた。花びらの合わせ目から涎《よだれ》じみた蜜が滲み、指でひろげてやると、奥にたっぷりと発情の証《あかし》をたたえていた。

「すごい、濡れてるよ……」

顔に視線を向ける。知永子は眼をそむける。浩之は知永子の顔を見つめたまま、割れ目に添えた指を動かした。閉じては開き、開いては閉じる。たったそれだけの動きで、欲情しきった蜜壺《みつつぼ》はくちゅくちゅと音をたてる。

「舐《な》めていい？」

知永子は答えない。

「知永子さんのオマンコ、舐めていい？」

あえて卑語を口にすると、理知的な顔が歪んだ。

「それとも、お尻の穴を舐めてほしい？」

「やめてっ！」

知永子がすがるような眼を向けてくる。

「ふふっ、また怒るのかい？」

浩之は黒く濃い草むらの中から、クリトリスを探しだす。まだ包皮を被《かぶ》っている敏感な性愛器官に、熱い吐息を吹きかけてやる。

「あああっ……」

「そんなことしたら離婚っ！　とでも言うかい？　あれはびっくりしたなあ。磔台に拘束されたくらいであんなに取り乱して……それとも、離婚願望でもあったのかな？」

「ゆっ、許してっ……」

知永子は眼尻を垂《た》らして、いまにも泣きだしそうな顔になった。

「怖かったのよっ……手も足も動かなくて気が動転してたからっ……」

「そういうときこそ、人間の本性って現れるよね？」

浩之はクリトリスの包皮を剥いた。珊瑚《さんご》色に輝く小さな肉芽が、いやらしいくらいに尖りきっていた。

「本当はそのうち離婚してやろうって思ってたんでしょ？」

包皮を被せては剝き、剝いては被せる。

「じゃなきゃ、あんなこと言うはずない。だいたい、俺のこと本当に愛してるのかなあ。愛してたら普通、オマンコ見せたり、舐められたりするでしょ？　それが絶対NGなんて……」

「あああっ……ごっ、ごめんなさいっ……ごめんなさいいいいっ……」

クリトリスの包皮を剝いたり被せたりするリズムに合わせて、知永子は腰をくねらせはじめている。むんむんと漂ってくる女の匂いは濃厚になっていくばかりで、割れ目をひろげると大量の蜜があふれてきた。

本当は……。

知永子にしてもクンニリングスをされたり、浩之のリードに身をまかせたかったのだと、いまならよくわかる。

こちらが六つ年下の教え子という立場だったから、知永子としても、どこかで壁をつくっておかなければならなかったのだ。

しかし、不意に訪れた拘束の経験が、その壁にヒビを入れた。知永子が怖かったのは、手も足も出ない状態で体をもてあそばれることではない。むしろ逆に、心の奥底に隠していた欲望が、一瞬にして、前触れもなく、その場で実現してしまうのが怖かったのである。

「舐めるよ」

これ見よがしに舌を伸ばし、知永子の顔を見る。知永子は顔をひきつらせる。

「いいよね、舐めて？」

唇を嚙みしめて答えない。

浩之は限界まで舌を伸ばし、鋭《するど》く尖《とが》らせた舌先で、花びらの合わせ目をなぞった。

触るか触らないかだったにもかかわらず、いやそうであったからこそかもしれないが、知永子は甲高《かんだか》い悲鳴をあげて腰を跳ねあげた。敏感な反応だった。敏感すぎると言ってもいい。

下から上に、下から上に、浩之は舌先で割れ目をなぞりたてた。時折ざらついた舌腹を使って、花びらを舐めまわした。合わせ目がほつれてくれれば、ヌプヌプと入口に舌先を差しこみ、花びらを口に含んでしゃぶりまわした。

そういった愛撫の一つひとつに、知永子は敏感すぎる反応を示した。手足を拘束された不自由な身をよじり、悲鳴をあげ、顔はもちろん、首筋や胸元まで真っ赤に紅潮させていく。甘ったるい匂いのする発情の汗で、四肢が濡れ光りはじめている。

「ああっ、いやっ……いやいやいやいやいやあああっ……」

たまらないようだった。髪を振り乱して首を振りながらも、獣《けもの》じみた匂いのする蜜はあとからあとからこんこんとあふれだし、浩之の口のまわりをべっとり濡らしていく。じゅるっと音をたてて蜜を啜っても、もはや羞じらうことすらできず、背中を弓なりに反《そ》り返してあえぎにあえぐ。拘束帯によって宙に浮かされた両足の指が、なにかをこらえるようにぎゅっと丸まっていくのが卑猥だった。チロチロ、チロチロ、とクリトリスを舐め転がすほどに、下半身で起こる痙攣がエロティックだ。

「ダッ、ダメッ……ダメようっ……」

怯えきった顔で声を震わせる。

イキそうなのだろう。

しかし、クンニリングスで一方的に絶頂へと追いこまれることに、抵抗があるようだった。自分ばかりイカされるのは恥ずかしい。イキたいけどイキたくない、というわけだ。

「あううぅっ！」

浩之は右手の中指を、割れ目の奥に埋めこんだ。熱く濡れた肉ひだを掻きまわし、中で指を鉤状《かぎじょう》に折り曲げてＧスポットを押しあげた。

「ダッ、ダメえええっ……」

Ｇスポットをリズミカルに押しあげながらクリトリスを舐めてやると、ちぎれんばかりに首を振った。

だがイカせない。

そう簡単にイカせるわけにはいかない。

「ああああーっ！　はぁあああああーっ！」

ほとんど半狂乱で泣きわめく妻を、浩之はコントロールしきっていた。絶頂に達しそうになると、クリトリスから舌を離し、指を抜く。オルガスムスを逃《のが》したやるせなさにむせび泣く妻の姿をひとしきり楽しんでから、再び濃厚な愛撫に淫《いん》していく。

「ねえ、お願いっ……お願いよっ……」

知永子がいまにも泣きだしそうな顔で哀願してくる。

「もうイキそうなのっ……イッ、イキたいのっ……わかるでしょう？」

クンニリングスを開始して、すでに三十分近くが経過していた。

浩之にとっては、夢にまで見たプレイだった。舐めまわしているのは、かつて童貞を捧げた女陰である。いくら戯《たわむ》れても飽きることなく、気がつけば三十分が経っていた感じだった。

6

とはいえ、知永子はそろそろ我慢の限界のようだった。汗の量が尋常ではなかった。凹凸《おうとつ》に富んだ裸身をヌラヌラと濡れ光らせながらくねらせて、息を呑むほどのエロスを放射していた。

拘束をはずしてやると、呆然《ぼうぜん》とした顔をした。

このまま一気にフィニッシュまで駆け抜けられると思っていたのだろう。騎乗位でしかオルガスムスに達しないという彼女の神話は、すでに崩れていた。ネクタイで後ろ手に縛ったとき、正常位で何度もイッた。

だから今回も正常位で、と彼女が考えていたとしてもおかしくない。拘束をはずしたのは、浩之にそうではない思惑《おもわく》があったからだ。いまの状態の妻なら、どんな体位も受け入れてくれるだろうという……。

「えっ？　なにっ？」

知永子の手を取ってベッドからおりた。寝室を出て、向かった先は洗面所だ。この家の洗面所は広く、鏡が畳半畳分もありそうなくらい大きい。知永子のお気に入りの場所だったが、寝室と違って明るい蛍光灯に照らされている。汗まみれの裸身がいっそう生々しく映える。

「手をつくんだ」

「いっ、いやよっ……」

鏡の前に手をつかせようとすると、知永子はいやいやと身をよじった。その姿も鏡に映っている。全裸でいる彼女に対し、浩之は服を着たままだった。上背だって二十センチも高い。力関係が一目瞭然で、知永子は鏡を見るほどに息を呑み、拒絶の意志を萎《な》えさせていく。そもそもイキたくてしようがないのだから、いつまでも拒んでいることはできない。

「ほら。早く手をついて、尻を突きだして」

「ううっ……」

悔《くや》しげに唸《うな》りながら、言われた通りのポーズをとった。遠慮がちに尻を突きだす格好がそそる。彼女は浩之を後ろから受け入れたことがない。どういう状況になるのか浩之にも見当がつかない。

いや……。

この先とんでもない熱狂が待ち受けているであろう予感は、はっきりと感じていた。クンニリングスで何度となく絶頂寸前まで追いつめられた知永子からは、甘ったるい汗の匂いが漂ってくる。顔は淫《みだ》らなまでに紅潮し、全身を熱く火照《ほて》らせている。尻の双丘をつかみ、ぐいっと割りひろげれば、熟しきった濃厚なフェロモンがむんむんとたちこめてくる。

浩之はベルトをはずし、ズボンとブリーフをさげた。勃起しきった男根が、唸りをあげて反り返った。それをつかみ、切っ先を蜜を漏らしすぎた花園にあてがっていく。

「あっ……くっ……」

知永子が顔を伏せたので、

「前を見てるんだ」

浩之は険しい表情で言った。

「見つめあいながらしようよ。そのほうが愛しあってる感じがするじゃないか。メイクラブって感じが……」

「ううう……」

知永子が鏡越しに見つめてくる。紅潮した顔を羞恥《しゅうち》に歪め、ぎりぎりまで眼を細めている。

「いくぞ……」

浩之は腰を前に送りだした。いきなり奥まで貫いたりはしなかった。ぬかるんだ浅瀬を小刻みに穿ちながら、じわじわと結合を深めていく。時間をかけて亀頭《きとう》だけを埋めこみ、狭くなった入口をカリのくびれでめくりあげてやる。ぴったりと吸いついてきた肉ひだが、離れていくときの感触に身震いする。行かないで、と哀願するように肉ひだが伸びる。離れるか離れないかのところで、もう一度中に入っていく。

「ああっ……あああっ……」

知永子も感じているようだった。亀頭に吸いついた肉ひだが離れそうになると、大きく息を呑んでいる。入っていくと息を吐きだす。喜悦に性感を揺さぶられ、次第に顔が下を向いていく。

「前を見ろって言ってるだろ」

ずぶずぶと最奥まで貫《つらぬ》いていくと、

「んんんーっ！」

知永子はくぐもった声をあげて髪を振り乱した。必然的に、髪の中に顔が隠れてしまった。浩之は知永子の背中に上体を被せ、後ろから双乳をすくいあげた。そのまま後ろにのけぞらせて、顔をあげさせる。

「こっちを見るんだ」

左右の乳首をつまみあげた。爪《つめ》を使ってコチョコチョとくすぐると、

「あああーっ！」

知永子は声をあげながら鏡越しにこちらを見た。

「でっ、でもっ……無理よっ……そんなっ……」

彼女は感じてくるとしっかり眼を閉じるタイプだった。しかし、だからこそ、明るい中で見つめあいたい。鏡台の前で立ちバックなどという、いままで考えられなかった卑猥なまぐわい方をしながら……。

浩之は左右の乳首を押しつぶしながら、腰を使いはじめた。上体を被せていてはピ

ストン運動は難しいので、男根を深く埋めこんだままぐりぐりと子宮を押しあげてやる。

「くっ……くぅうう━っ！」

いままで騎乗位一辺倒だった知永子に、その刺激は新鮮だったようだ。声をあげ、髪を振り乱し、火照った素肌に生汗を浮かびあがらせた。身をよじれば、浩之の腰のグラインドと動きがシンクロしていく。ヒップと腰をこすりあわせるようにして、快楽を分かちあう。激しい動きではないのに、ボルテージはぐんぐんあがっていき、知永子の呼吸が激しくはずみだす。

「前を見るんだ」

浩之は執拗《しつよう》に言いながら、上体を起こした。腰をつかむと知永子が顔を伏せてしまいそうだったので、双肩をつかんで上体をのけぞらせた。知永子の背中を弓なりに反り返して、ピストン運動を開始する。連打ではなく、一打一打に力をこめ、パチーンッ、パチーンッ、と豊満な尻を打ち鳴らす。

「あああっ……はぁあああっ……」

知永子があえぐ。眼は閉じたり開いたりだったが、潤《うる》んだ瞳を必死になって鏡に向ける。次第に焦点を失っていくのが、ぞくぞくするほどいやらしい。視覚が覚束《おぼつか》なくとも、体は敏感に反応している。みずから尻を押しつけて、浩之の突きあげを迎えうつ。プリプリと左右に振りたてては、摩擦の愉悦を余すことなく味わおうとする。

「いいっ！　いいいいいっ……」

鏡に映った知永子の顔は、見ものだった。紅潮してひきつり、小鼻をふくらませ、唇は半開き。ざんばらに乱れた髪が汗で額や頰にくっつき、凄艶《せいえん》としか言い様がない濃密な色香を振りまいている。

「イッ、イキそうっ……もうイキそうっ……」

「こっちを見ないとやめるからな」

パチーンッ、パチーンッ、と尻を打ち鳴らすピッチを、じわじわとあげていく。えぐりこむように最奥を穿つ。子宮に亀頭を叩きつける。

「あああああっ……」

知永子は必死に眼を見開いた。けれどもおそらく、見えてはいない。焦点がまったく合っていないし、瞳は潤みきっている。喜悦の涙があふれだしそうな表情を、鏡に映している。見えていないはずの恥ずかしい自分と向きあいながら、淫らな悲鳴を撒き散らし、ハアハアと息をはずませる。いまにも涎さえ垂らしそうな表情に、浩之の視線は釘づけになっている。

「……イッ、イクッ！」

ビクンッ、ビクンッ、と腰を跳ねさせて、知永子は絶頂に駆けあがっていった。激しすぎるイキ方に、浩之はおののいた。いつもの数倍の勢いで、体中を痙攣させている。それも、立ちバックだった。男にとって、支配欲を満たせる特別な体位で、ここまで激しくイクなんて……。

浩之は我慢できなくなり、両手を知永子の双肩からすべり落とした。くびれた腰をがっちりつかんで、怒濤《どとう》の連打を送りこんだ。全身の血が沸騰《ふっとう》するほど興奮していた。初めて知永子を抱いている気分になった。実際、そうなのかもしれない。いままでは、抱かれていたのだ。知永子の慰《なぐさ》みものだったのだ。

ずっとこうしたかった。自分のやり方で妻を翻弄《ほんろう》し、絶頂に追いつめる夢をいままでどれほど見てきたことか。

「ああっ、いいっ！　またイキそうっ！　続けてイッちゃいそうっ！」

泣き叫ぶ知永子の尻に、息をとめて渾身《こんしん》のストロークを打ちこんだ。心臓が悲鳴をあげていたが、腰を振りたてることをやめることはできそうになかった。

第五章　ひとつ屋根の下

1

海は見えなかった。

窓の外は漆黒《しっこく》の闇に塗りつぶされ、寄せては返す波の音だけが静かに耳に届いている。

ようやく暖房が効いてきたので、浩之はパジャマの上に着ていたダウンジャケットを脱いで、冷蔵庫を開けた。缶ビールを取りだし、プルタブをあげて飲んだ。渇いた喉に冷気と苦みが染みこんだ。思わずうなり声をもらしてしまった。

うまかった。しかし、ビールでは酔うまでに時間がかかりそうだ。サイドボードに飾ってあった貰《もら》い物のスコッチの封を切り、ストレートで喉に流しこんだ。度数の高いアルコールが、腹に火をつけてくれる。灼《や》けた喉に、チェイサー代わりのビールを流しこむ。

時計を見た。

午前一時をずいぶん過ぎていた。

しかし、眠れない。

心身ともに満足しているはずで、実際、体は疲れ果てているのだが、神経がささくれ立って眠りにつける気がしない。

洗面所の鏡台前で激しい立ちバックを終えたあと、浩之は息絶えだえの知永子を寝室に連れていき、一緒に横になった。知永子はそのまま寝息をたてはじめたが、浩之はどうにも頭が冴えてしかたなく、寝酒を飲むつもりで二階のリビングにあがってきたのだった。

会心の射精だった。

知永子としたセックスにおいて、掛け値なしに最高の快楽が味わえたと言っていい。童貞を奪われたときのことも忘れがたいが、それは初体験だったからで、衝撃を受けるのもある意味当然。しかし、いまのまぐわいは、自分の持てる力を総動員した。技術も体力もイマジネーションもすべてを駆使して、知永子を抱いた。

三十歳の自分ができる最高のセックスと断言してもいいし、知永子の反応も満足のいくものだった。

なのに安らかな眠りにつけない。

高ぶりすぎた感情が、射精くらいではおさまってくれない。

人の道にはずれたことをしてしまった、これは当然の報いなのだろうか。

射精を遂げた瞬間、脳裏にチラつきだした顔がある。

波留だ。

「覚えてる、先生？」

別れ際の言葉が耳底に蘇ってくる。

「卒業したら、一緒に住むって話……」

何日も前の話ではない。ほんの二、三時間前に言われ、浩之は笑顔でうなずいた。

それから、自宅に戻って知永子を抱いた。やっていることがめちゃくちゃだった。いや、めちゃくちゃなことがやってみたかったのだろう。

生涯で一度くらいは、欲望のままに振る舞ってみたい——山本の死が、そんな心境へと浩之をいざなった。人のせいにしたいわけではない。やってみてよかったと思っている。結論が出た。自分には、ふたりの女を同時に愛する器量はないとはっきりわかった。

世の中には平然と何股もかける男も存在するらしいが、まったく理解できなかった。とても無理だ。今夜は興奮に駆られていた。ふたりの女を立てつづけに抱くなんて初めてのことだったから、背徳感に暗い興奮を覚えていた。しかし、もう一度こんなことができるとは、とても思えない。

知永子に申し訳ない……。

波留に申し訳ない……。

身から出た錆《さび》とわかっていながら、胸が張り裂けそうになる。スコッチを一気に呷《あお》る。腹に火がつき、頭もジンジンしてくるが、酔っている感覚には程遠い。これほど最悪な気分はいまだかつて経験したことがない。

とにかく結論は出た。

自分はひとりの女しか愛することができない。もちろん、それがわかったところで、問題は残る。

それではいったい、どちらの女を愛するのか……。

物音がした。階下からだ。階段を昇ってくる気配に身構える。

バスローブに身を包んだ知永子が、姿を現した。疲れた顔に、柔和《にゅうわ》な笑みを浮かべていた。

浩之も疲れた顔に笑みを浮かべた。

「眠れないのかい？」

「うん。なに飲んでるの？」

浩之がスコッチのボトルを持ちあげると、知永子は顔をしかめてキッチンに向かい、コーヒーを淹《い》れはじめた。コーヒーメーカーが豆を砕く音が、広いリビングに茫洋と響く。

コーヒーカップを手に、知永子はソファの隣に腰をおろした。ふうっ、と息を吐きだしてから、カップを口に運ぶ。沈黙が気まずい。なにか言葉を継がなくてはと思うが、気の利いた話題が思い浮かばない。

「わたしね、こんなに恥をかかされたの、生まれて初めて……」

漆黒に塗りつぶされた窓の外を見ながら、知永子は言った。いま終えたばかりのセックスのことだろう。

「昔から？」

浩之は訊ねた。

「ああいう願望は昔からあったの？　マゾっぽいというか」

「あったのかもね。誰にも言ってないけど……」

窓の外を眺める眼つきが、遠くなっていく。

「わたしの場合、初体験がけっこうひどい感じだったのよ。男の人にされるがままで、わけもわからず痛い思いばかりさせられて……それがトラウマになって、セックスのイニシアチブは絶対に自分が握ることにしたわけ。自分のやりたいようにやれば、気持ちよくなれるから……あなたが不満に思ってることはわかってたけど、どうしてもね……殻《から》を破れなかった……」

コーヒーを飲む。深煎《ふかい》りの香りが浩之のほうまで漂ってくる。

「だから、あんなふうにされたのは、初めて……恥ずかしくて恥ずかしくて……でも、処女じゃないからとっても感じてしまって……気持ちよさに我を失って……それもまた恥ずかしいっていう悪循環で……正直言って、いまでもまだ恥ずかしいのよ。あなたの顔をまともに見られないくらい」

「夫婦じゃないか」

浩之は苦笑した。

「恥ずかしいところを見せあうのが、夫婦ってもんじゃないかね」

「そうね……そうかもしれない……」

知永子がうなずく。

「本当は、さっぱりもしているのよ。清々《すがすが》しいっていうのかな、これでもう、ベッドで自分の殻に閉じこもらなくていいって。あなたにまかせて感じさせてもらえばいいんだって、そういう心境になってることも事実……」

視線が泳ぐ。なにか言いたそうだが、言葉を選んでいる。

「でもね……」

瞳から光が消えた。

「せっかく清々しい気分だから、もっと清々しくなりたくなっちゃった。いちばん恥ずかしい……わたしの中でいちばん醜《みにく》い部分も、包み隠さずさらけだしてもいい？」

浩之は言葉を返せなかった。知永子がいままでにない空気を身に纏《まと》っていたからだ。ひどく脆弱《ぜいじゃく》なのに鋭利に尖った感情が、彼女の言葉の裏側にチラついていた。

「浩之くん、浮気してるね？」

言葉が胸に刺さった。

「ゆきずりの一回じゃなくて、付き合ってる人がいるね。もうずいぶん前から、気づいていたよ。夏くらい？　もっと前？　ショックだったけど、嫉妬《しっと》に狂う年上の女房っていうのもみっともないじゃない？　見て見ぬふりをしてあげようと思った。ちょっとの裏切りくらい、長い結婚生活ではあることなんじゃないかって……でも、全然別れないね？　いまでも付き合ってる。探偵なんか使ってないわよ。証拠もない。でもわかる。わたし、間違ってる？」

これはもう嘘をつけない、と浩之は思った。嘘がつけないから、二股など無理なのだ。相手が油断しているときに口から出まかせを言うことはできても、こういう場面で胸を張って愛しているのはおまえだけだと言えない男には、二股をかける資格などないのだろう。

胸に刺さった言葉のダメージは全身に及び、手足を震わせはじめている。見慣れたリビングの景色が、歪んでまわりだす。

終わったな、と思った。なにが終わったのかと言えば、なにもかもだった。いままで積みあげてきた人生が、ここで一回白紙に戻る……。

「どうしたい？」

知永子がまっすぐに眼を向けてくる。

「別れたいなら、それでもいいです。慰謝料《いしゃりょう》なんていりません。始まりはあんまりきれいじゃなかったけど、最後はきれいに別れましょう」

潔《いさぎよ》い女だった。

気丈で、凜々《りり》しく、美しかった。

それに対して、自分はいったいどこまで醜く、最低の人間なのだろう。

「待ってくれよ……」

よく考えもせず、傷口をひろげるだけの言葉を吐いた。

「別れるとか、そういうこと簡単に言うなよ。こっちにはそんなつもり……そんなつもりは全然ないんだ……」

知永子の潔い態度の裏に、慈悲《じひ》の匂いを嗅ぎとっていたからだった。

別れたいなら、それでもいい――ということは、やり直すつもりがあるなら受け入れるということではないか。そういうふうに解釈し、瞬時に都合のいい台詞《セリフ》を口にしたのだった。

甘く見ていた。

窮地に追いこまれた浩之は、教え子の気分に戻っていた。無意識にだが、先生の情けにすがろうとしていた。

一方の知永子は、そんな考えは微塵《みじん》ももっていなかった。対等な男と女として、裏切りを働いた夫を、きっちりと詰めてきた。

2

しんと静まり返った雪景色の中を、ワーゲンビートルが走っていく。

そろそろ十年落ちになりそうなのに、知永子はこのクルマを買い換えようとしない。理由を訊ねたことがある。あなたとの思い出があるからと言われ、ひどくこそばゆい気持ちになった。知永子はそういう台詞を、冗談で言うタイプではない。

「やっぱりやめにしないか？」

助手席の浩之は焦《あせ》りまくっていた。

「こんな夜中に訪ねていくのは失礼だよ。明日あらためてでもいいじゃないか」

「よくない」

ハンドルを握る知永子の表情は険しかった。

「ちょっとくらい時間が遅いからってなんなの。あなたの浮気に勘づいて以来、わたしの気分は昼でも夜中みたいなものだったんだから」

浮気を白状した浩之に対し、知永子はいまからその人のところに連れていけと言いだした。直接対決――それだけでもかなり厳しい制裁なのに、すでに深夜の二時を過ぎている。

波留は寝ているだろう。セックスしたあと、浩之は彼女に布団を掛けてアパートを出てきた。ぐっすり眠っているところを呼び鈴で叩き起こし、浮気がバレたと告げなければならないのは地獄だった。しかも、波留のリアクションが読めない。逆ギレする可能性もゼロではない。

「なあ、頼むよ。少しは相手のことも考えてくれよ」

「その言葉、そっくりお返ししてあげる」

知永子に譲《ゆず》るつもりはないようだった。引きずるように家から連れだされ、ワーゲンビートルの助手席に押しこまれた。浩之は抵抗できなかった。半年間も溜《た》めこんでいた怒りを爆発させている彼女に対し、こちらは妻に浮気を知られていた衝撃の事実を突きつけられたばかりだった。言い争うにしても、テンションが違った。浩之はただ戸惑い、動揺することしかできなかった。

「……あなただったの」

寝ぼけまなこで玄関扉を開けた波留の顔をひと目見るなり、知永子は眼を吊りあげた。ふたりには面識がある。波留を一度自宅に泊めたことがあるからだ。そのときはまだ、関係を結んでいなかったが、クラスでいちばん手のかかる生徒として、夫婦の間でもたびたび話題に出していた。

「そうなの……まさか……そうだったの……」

知永子はなにか言いたげだったが、はっきりと口にしなかった。教え子に手を出すなんてあり得ない、と思っているのだろう。だが、彼女に限って、それを咎《とが》めることはできない。知永子自身も教え子と関係を結んだ前科者だからである。

「すまない……」

浩之は苦渋《くじゅう》の面持《おもも》ちで波留に頭をさげた。

「バレちゃった……みたいだ……」

寝ぼけまなこは見開かれなかった。表情が変わらない。知永子も知永子だが、波留も波留だった。腹の据わり方が、こちらの比ではないようだった。

「狭いアパートでしょ。うちに行って話をしない？」

知永子の提案に、波留はうなずいた。浩之は意見を求められなかったが、まだそのほうがいいとは思った。集合住宅で修羅場《しゅらば》になれば、波留がここに住んでいられなくなるかもしれない。

いま来た道を戻った。

波留のアパートは高台にあるので、来るときは上り坂だが、帰りは下り坂である。

それがなにかを象徴しているようで、浩之の気持ちは沈んでいく。

このクルマに乗っている三人の中でいちばん悪いのは、どう考えても自分だった。悪いとわかっていて、悪いことをした。その結果、まわりの人間をしたたかに傷つけた。

こういうときどう振る舞えばいいと、生徒たちに教えてきただろうか。まず謝る。深く反省する。同じあやまちを二度と繰り返さない……それで解決するとはとても思えない。欺瞞《ぎまん》があった。学校教育は被害者に冷たい。いじめが発覚すれば、いじめた生徒に二度とやるなと言うだけだ。いじめられた生徒の心のケアは、おろそかになっていると言わざるを得ない。

自宅に着いた。

リビングのテーブルは四人掛けで、知永子が奥の席に座ったので、浩之は波留と並んで相対しようとした。

「どうしてあなたがそっちに座るのよ?」

知永子に言われ、立ちあがった。とはいえ、知永子の隣に座るのも波留に申し訳なく、椅子を移動させて真ん中に座る。

「ごめんなさい」

波留がいきなり知永子に頭をさげたので、浩之は心臓が口から飛びだしそうになった。自分から話を始めようとしていたらしき知永子も、気勢《きせい》をそがれたように息を呑んでいる。

「先生には奥さんがいるのに……わたし、知ってて好きになってしまいました……本当にごめんなさい」

「いや……」

浩之はあわてて口を挟んだ。

「彼女は悪くない……さっ、誘ったのはこっちのほうで……」

「違います」

波留がきっぱりした声で浩之を制する。

「誘われるような状況をわたしがつくったんです。だから、わたしが悪いんです。本当にごめんなさい」

「いや、あの……」

困り果てている浩之を見て、知永子はやれやれと溜息《ためいき》をつき、波留のことを鋭い眼つきで睨みつけた。

「あのね、過去のことはもうどうだっていいの。あなたたちがどんなふうに付き合いはじめたとか、どんなふうに愛しあってたとか、そんなことにはこれっぽっちも興味がない……未来の話をしましょう」

「だからごめんなさい」

波留はしつこく頭をさげた。

「わたしが卒業したら、先生はわたしと一緒に住んでくれることになってるんです」

浩之は天を仰《あお》ぎたくなった。

「そうなの？」

知永子が鋭い眼つきをこちらに向ける。

「約束しましたよね？」

波留もこちらを向く。落ち着いて見えるが、その言葉を否定すればどうなるかわからない。事実として、浩之は約束したのだ。この期に及んでそれをひっくり返したら、波留のことだ、火がついたように怒りだすかもしれない。

「……ちょ、ちょっと待ってくれ」

浩之はふたりを制して立ちあがり、キッチンに向かった。冷蔵庫からミネラルウォーターのボトルを出し、グラスに注いで飲んだ。もちろん、その程度のことで落ち着きを取り戻すことはできなかったし、覚悟も決まらなかった。

どうすればいいのだろう？　この窮地《きゅうち》を脱するためにはどうすれば……。

いいや。都合よく窮地を脱する道などあるわけがない。すべては自分の愚《おろ》かさが招いた結果だった。無傷ですむと思うほうがどうかしている。

波留のことが好きだった。

彼女と出会わなかった人生を考えると、ゾッとするくらいだ。人を愛する悦びを、浩之は彼女に教わった。本当に楽しかった。彼女と過ごした日々はかけがえのないものだし、できることならこの先の人生も一緒に歩んでいきたい。

しかし、だからと言って知永子と別れたいわけではない。

一時は、本気で別れることも考えていた。このまま彼女と一緒にいれば、去勢されてしまうのではないかという恐怖さえ覚えていた。だが皮肉なことに、波留と浮気したことで、知永子との関係も別の局面を迎えたのだった。夜の夫婦生活にあった壁は崩壊《ほうかい》し、これから夫婦のあり方がいい方向に変わっていくのではないか——そういう兆候が見えはじめた矢先だった。

冷蔵庫を開け、もう一杯、冷たい水を飲んだ。

ふたりの元に戻った。席に着いても、なにを言えばいいかわからなかった。思考回路が完全にショートしていた。

「どうするのよ?」

知永子が睨んでくる。

「わたしは絶対別れないから」

おいおい、と浩之は内心で突っこんだ。先ほどと話が違うではないか。自分が身を引いてもいいようなことを言っていたのは、どこの誰だ。自分よりずっと若い女が相手だとわかり、プライドが傷ついたのだろうか。女としての闘争本能をかきたてられたのか。

「わたしも……」

波留が声を震わせる。

「先生と別れたくありません……」

重苦しい沈黙が、浩之の双肩にのしかかってくる。ふたりの視線が魂《たましい》を焦《こ》がす。できることなら煙のように消えてしまいたい、と思う。

「……申し訳ない」

大きく息を吐きだしてから続けた。

「全部、俺が悪い。それは間違いない。だが……この先どうすればいいのか、わからない……本当にわからないんだ……いい加減に聞こえるかもしれないが、できるだけ素直に自分の思っていることを言おうとしている……俺には、いま、なにも決められない……」

再び沈黙が訪れていた。重苦しく、悲壮感が渦巻き、にもかかわらず、しらけた感じでもあった。しらけていたのは、主に知永子だ。呆《あき》れ果てている、と言ってもいい。

「わかりました」

沈黙を破ったのは、波留だった。

「卒業式まで待ちますから、それまでに結論を出してください」

「ふうん……」

知永子はやはり、呆れた顔でうなずいた。

「じゃあ、そうしましょう。卒業式はいつ？　三月一日？　あと一カ月ちょっとか。それまでには結論を出すわけね？」

「……ああ」

浩之はうなずいた。もちろん、自信はなかった。いま結論が出ないものが、ひと月先に出るとは思えなかったが、とりあえず時間が欲しかった。考える時間が……。

「ひとつ、提案させてもらっていいですか？」

波留が知永子をまっすぐに見て言った。

「なあに？」

「結論が出るまで、わたしもここに住んじゃダメですか？」

なにを言いだすのだ、と浩之は焦った。無表情なのに軽やかで、どこかとぼけたような口調が、よけいにこのシリアスな状況にそぐわなかった。

しかし、浩之はもはや蚊帳《かや》の外だった。知永子と波留は、こちらのことなど一瞥《いちべつ》もせずに睨みあっていた。より険しい表情で睨んでいたのが、知永子だった。

「あなた、面白いね」

ふっと口元だけで苦笑した。

「初恋なんです」

波留は表情を変えずに答えた。

「初恋だから成就《じょうじゅ》させたいんじゃなくて、納得いくまで頑張りたいんです。うまくいってもいかなくても、必死になって欲しいものは欲しいって……じゃないとこれから先、きちんと恋愛ができない女になりそう」

知永子はもう笑っていなかった。言葉も返さず、しばらく考えこんでいた。やがて、スマートフォンを取りだし、どこかに電話をかけた。タクシー会社のようだった。

「迎えを呼んだから、もう帰りなさい」

電話を切ると、立ちあがってキッチンに向かった。棚からワインを出し、栓《せん》を抜きはじめた。

波留が浩之に眼を向けてくる。泣き笑いのような顔をしている。

さすがに無理だろうと、浩之も似たような顔をするしかなかった。そもそも、波留がどうしてこの家に来たがっているのかがわからない。三人で住んだところで、険悪なムードにいたたまれなくなるだけだろう。どうして好きこのんで、針のむしろに座ろうとするのか。自分がここに来れば、浩之と知永子の間を引き裂けるという、自信でもあるのか。

知永子が戻ってきた。栓を開けたワインのボトルと、ワイングラスを三脚、盆に載せて。すべてのグラスに赤い液体を注ぐと、乾杯《かんぱい》もせずに自分のグラスを口に運んだ。

「部屋はひとつ空いてるから……」

知永子は波留を見ないで言った。

「いつでも好きなときに引っ越してくればいい」

波留が息を呑んで眼を見開く。浩之は激しい眩暈《めまい》に襲われる。

「だから、今日はもう、それ飲んだら帰って」

「ありがとうございます」

波留は深々と頭をさげ、長い間そのままの姿勢を続けた。

浩之はやはり、蚊帳の外だった。ふたりが出した結論に、ただ黙って従うしか身の振り方はないようだった。

3

翌日、波留は学校で眼を合わせてくれなかった。

彼女の席はいちばん後ろで、壁際にピンクのスーツケースが置かれていた。普通、教室にあるようなものではないのでひどく目立った。授業を終えて自宅に戻ると、そのスーツケースが玄関に置かれていた。波留は二階のリビングで知永子と相対し、コーヒーを飲んでいた。

本当に引っ越してきたのか……。

どうやら、ここに乗りこんできた波留の覚悟も、受けて立つ知永子の覚悟も、背負わなければならないらしい。三人で住むことになんの意味があるのだと言ったところで、ふたりは聞く耳をもってくれないだろう。

意味なんてないのだ。彼女たちもまた、浩之と同じように混乱しているのだ。どうやって収拾をつければいいか、わけがわからなくなっているのだ――ひと晩考えて、それだけはようやく理解した。

解決するには、浩之が意志を示すしかない。

知永子を選ぶか……。

それとも波留か……。

どちらを選んでも、待っているのは茨《いばら》の道だ。どちらかを選んだところで、もう一方の影が常につきまとってくる。これはつらい。事あるごとに自己嫌悪に苛《さいな》まれる。浩之もそうだし、相手もそうだ。それが理由で関係がぎくしゃくすることさえ、容易に想像がつく。

かといって、どちらかを選べなければ、ふたりとも浩之の元を去っていくかもしれない。与えられた時間は多くない。三角関係に陥っている男女がひとつ屋根の下で暮らすのなんて、常軌を逸した異常事態だ。そんな生活に、長く耐えられるわけがない。知永子も、波留も、もちろん浩之自身も……。

「いま彼女と相談してたんだけど……」

知永子が言った。

「わたしはいままで通りの寝室で寝て、彼女には隣の部屋を使ってもらおうと思います。物置みたいになってたけど、さっき片付けたから」

この家の間取りは2ＬＤＫで、二階はすべてリビングダイニング、一階に六畳の洋間がふたつとバスルームや洗面所などがある。

「それでね、あなたが寝るところだけど……」

知永子はせわしなく視線を動かしながら言った。

「一日交替で、わたしの部屋と彼女の部屋を行き来して」

「なんだって？」

浩之は眉をひそめた。

「俺はいいよ、ここで寝る。リビングのソファで……」

「もう決めたの」

知永子が遮《さえぎ》った。

「ふたりで決めたことだから、そうしてちょうだい」

浩之は言葉を返せなくなった。ふたりというのは、知永子と波留だ。浩之はまたも蚊帳の外。しかし、文句は言えない。文句があるならさっさとどちらかを選びなさい、と知永子の顔に書いてあったからだ。そして波留も、その意見に同調している様子である。学校にいるときと同じで、決して眼は合わせてくれなかったが……。

その日は波留と一緒に寝ることになった。掃除《そうじ》物置として使っていた部屋ではあるけれど、知永子の準備は行き届いていた。掃除も完璧なら、テーブルや座椅子や小型テレビなども用意されていて、さながら家具付きのウィークリーマンションのようだった。

ただ、ベッドがないので、フローリングの床に布団を敷かなければならない。なんだか寝心地が悪そうで申し訳なかったが、波留は気にする素振りもなく、てきぱきと就寝の準備を始めた。ふたりで力を合わせ、客用のシングル布団にシーツを被せていく。

「怒ってるか？」

浩之は静かに声をかけた。騒動が勃発して以来、ふたりきりになったのは初めてだった。

「怒ってませんよ」

波留はそっぽを向いて歌うように答えた。火を見るよりもあきらかに、よそよそしい態度だった。

「悪かったと思ってるよ……」

浩之は深い溜息をついた。

「しかし、ここで三人で暮らすっていうのはどうなんだろう？　あんまりいいことないというか、険悪な雰囲気になるばっかりだと思うんだけど……」

自然と声が小さくなってしまう。集合住宅と違って壁が薄い。声を張って話せば、隣の部屋にいる知永子に筒抜けである。

「むこう向いてください」

「えっ？」

「着替えるからむこう向いて」

「あ、ああ……」

浩之はまわれ右をして波留に背中を向けた。どうやら、聞く耳はもってくれないようだった。やれやれと思う。だが、そうまでして自分との関係を続けようとする態度に、胸が熱くなっていく。

知永子と別れ、波留と一緒になることを想像してみる。

おそらく、この小さな海辺の町から出て、東京に行くのがリアルな落としどころになるだろう。いまでもそれは、心躍《おど》る未来だった。ただし、波留との関係を伏せたまま知永子ときれいに別れ、こっそり東京に帰るというのならよかったのだが、こういう展開になってみれば、知永子を傷つけないで波留と一緒になるのは不可能だ。

「いいですよ」

波留が声をかけてきたので、振り返った。パジャマを着ていた。柔らかそうな白いパイル地に、小さな花柄の模様があしらわれたパジャマだ。可愛《かわい》かった。初めて見るものだから、新調したのかもしれない。

「もう寝ましょう」

波留は蛍光灯を消して常夜灯にすると、布団にもぐりこんだ。

時刻は午後十時過ぎだった。眠りにつくにはまだ早い。ただ、布団の中で愛を確かめあう時間を計算に入れれば、ちょうどいいことになる。

セックス……。

それはできないだろうと思いながら、浩之は不承不承《ふしょうぶしょう》服を脱ぎ、Tシャツとブリーフになって布団に入った。もちろん、眠れそうにない。それでも眠らなければならないと、自分に言い聞かせる。

「そっちに行ってもいいですか？」

波留が声をかけてきた。

「……ああ」

一瞬迷ったが、浩之はうなずいた。セックスをすれば声が響く、物音もたつ。だが、添い寝くらいなら隣には気づかれまい。パイル地のパジャマに包まれた体を丸め、猫のようにもぞもぞと波留が移動してきた。

うに浩之の胸に寄り添ってくる。

いい匂いが漂ってきた。シャンプーの残《のこ》り香《が》だ。波留は先ほど、風呂に入っていた。浩之も入ったから、石鹸の匂いがするだろう。

「いい匂い」

胸に鼻を押しつけて笑う。

「おとなしく寝てくれよ」

洗いたての清潔な髪を撫でてやると、波留はつまらなそうに口を尖らせた。とはいえ、眼は眠そうだ。昨夜眠っていないのかもしれない。真夜中に叩き起こされ、血も凍るような修羅場を経て、自宅に帰ってからはスーツケースを出して荷造りをしたのだ。

健気《けなげ》なやつだった。そして、若さゆえの思いきりのよさに魅せられる。浩之がもし、波留を選択すれば、世間的には略奪愛と後ろ指を差されることになる。波留はそんなことを恐れてはいない。ただまっすぐに生きようとしている。自分の気持ちに正直に……。

そんな彼女を冷たく切り捨てられるわけがなかった。

いや、それは言い訳だ。

浩之は単純に、波留と一緒にいたいのだ。知永子のことをいったん脇に置いて考えれば、彼女と歩む未来はやはり、心躍る誘惑に満ちている。

知永子と共有する未来は、予定調和の世界である。この先大きな破綻《はたん》もなく、敷かれたレールの上を走っていればいい。もちろん、レールを敷いたのは自分たちだし、生まれ育った東京を離れ、縁もゆかりもない田舎町に引っ越してくるようなこともしたけれど、知永子といれば安心だった。なにが起こってもやり過ごすことができるはずだという、大船に乗ったような気分でいられる。

その点、波留は危なっかしい。東京に連れていったとして、彼女と大都会がどのような化学反応を起こすのか、予想できない。想像がつかないワクワク感がある。波留のことだから、持ち前のバイタリティを発揮して、きっと刺激的な生き方を手に入れるはずである。しかし、その一方で、知永子のように頼ることはできない。向こうが十も年下なのだから当たり前だ。

こちらが危なっかしい彼女を守りつつ、道を切り拓《ひら》いていかなければならないのだ。冒険である。いっそサバイバルと言ったほうが正確かもしれない。

強く惹《ひ》かれた。

静かな田舎町で気に入った家に住み、定時制高校の教師というやり甲斐《がい》のある仕事も見つけた。それが三十歳まで努力を積み重ねた成果だとしても、すべてを捨ててもう一度やり直したがっている自分がいる。いまの生活に不満があるのではなく、別の未来が輝いて見える。

波留のせいだ。

浩之にとって、彼女は不意に現れたもうひとつの太陽だった。物の見え方は光のあたり方次第でいくらでも変わる。丸い月も三日月に見える。それまで知永子に照らされていた浩之の人生は、波留に照らされることでまったく別の形に見えるようになってしまったのである。

きっかけはセックスだった。

どれだけ少なく見積もっても、浩之は間違いなく、波留によって性に開眼した。セックス観を劇的に変化させられた。その影響が知永子にまで及び、彼女のセックス観まで変えてしまったのだから、これは本当にすごいことだ。

波留にそういう自覚があるとは思えないが、彼女を抱くたびに、浩之はセックスにおける新しい扉を次々と開けていった……。

「ねえ、先生」

波留が声をかけてきた。

「勃《た》ってるよ」

「えっ……」

浩之は焦った。たしかに勃起していた。波留とのセックスを思いだしてしまったせいだ。シャンプーの残り香も芳《かぐわ》しく、パジャマ姿の波留が身を寄せてきているからだ。

「エッチする?」

「いや……」

浩之は首を横に振った。

「隣に聞こえちまう」

「じゃあ、わたしがここにいる間、ずっとできないの？」

「……そうだな」

うなずくしかない。

「隣に聞こえるから、だけじゃない。こんな状況で、エッチなんかしていいとは思えないんだ」

「でも、勃ってるし」

「もちろん、したい。波留とひとつになりたい。でも、我慢する。今度するときは、モヤモヤが消えたときだ。すべてをきちんとして……」

ああ、また都合のいいことを言っている、と浩之は自分に絶望した。まるで知永子と別れることを前提にしているかのような台詞だった。少なくとも、それを期待させるような台詞だったし、実際、波留は薄闇の中で瞳を輝かせている。いつかふたりきりで暮らす日が訪れることを夢見ている。

「先生」

「んっ？」

「わたしもしたい」

「我慢しろ」

「じゃあ、ぎゅっとして」

浩之は波留を抱きしめた。股間のイチモツは硬くなっていくばかりだったが、心はひどく寒々しかった。

4

翌日は知永子と一緒に寝た。

こちらはもともとダブルベッドで、掛け布団も大きい。昨夜の波留のように移動してこなくても、一緒の布団で寝るしかない。

知永子が先に入っていたので、布団の中は彼女の匂いがした。ねっとりと濃厚な匂いだ。いつもはあまり気にならないのに、昨夜波留と寝たせいだろう、やけに違いが鼻についた。

知永子は珍しくパジャマを着ていた。以前はたしかセクシーさ控えめのネグリジェを愛用していて、カレンダーに丸をつけるようになってからはベビードールやセクシーランジェリーをいくつも新調していた。

パジャマと言っても波留が着ていたような可愛いものではなく、上品な薄紫色のアダルトな雰囲気で、生地にもデザインにも高級感がある。

「昨夜、あの子のこと、抱いた？」

「馬鹿言え」

浩之は苦笑した。

「そんなことしたら、こっちの部屋に筒抜けじゃないか」

「じゃあ、わたしのことも抱いてくれないの？」

「過激だね」

もう一度苦笑する。

「自分のあえぎ声を、波留に聞かせたいのかい？」

「そうかもね」

知永子がニコリともせずに答えたので、浩之の背筋には震えが這いあがっていった。

「居候《いそうろう》は向こうなんだもの。声なんか聞こえたって平気よ。ううん、むしろ聞かせてやりたい。恥ずかしいなんて思わない」

「……勘弁してくれよ」

深い溜息をつく。

「俺は決めたんだ。三人で住んでいる間は、そういうことはしないって」

「どうして？」

「傷つけたくないんだ。波留のことも、きみのことも……」

「もう充分傷ついてるけど」

知永子が乾いた笑いをもらし、浩之は言葉を返せなくなった。

「じゃあ、こうしましょうよ」

知永子が声音をあらためて言った。

「あの子とどういうふうにエッチしてたのか、子守歌代わりに話して」

浩之は深い溜息をついた。

「興味なかったんじゃないのか？」

「あの子の口から聞きたくなかったのよ。あなたの口からなら話は別」

「趣味悪いぞ」

「浮気するよりも？」

また言葉を返せなくなる。

「妻よりひとまわり以上も年下の女と浮気するより、わたしの趣味は悪いかしら？」

「……わかったよ」

悪いのは自分だ、と胸底で繰り返した。

「最初にしたのは？」

「……梅雨だったかな。波留はひとり暮らしを始めたばっかりでね、料理を教えにアパートに行ったんだ」

「それでしちゃったの？」

「まあ……」

「最初からそのつもりで？」

「違うよ……なんとなく、そういう雰囲気になったんだ……」

「向こうは処女だった？」

答えに窮した。

「わあ、図星？　あなたと同じね」

「なにが？」

「あなたもわたしに襲われたとき、童貞だったじゃない？」

「……もうやめにしないか」

「あの子は処女で、なんにもわかっていない清らかな体で、あなたが手取り足取り、いろいろ教えてあげたわけね？　わたしがあなたにしたように？」

浩之はロープを背負って滅多打《めった》ちにされているボクサーの気分だった。

「ううん、わたしはあなたに、そんなにいろいろ教えてないか。わたしが上になって腰振ってただけだもん。だから、あなたのセックスはずっと幼稚なままだった。わたしはそれで満足だったけどね。若い処女を捕まえたおかげで、ベッドテクに目覚めちゃったのね？　ねえ、そうでしょ？」

顎《あご》の下をコチョコチョとくすぐられ、浩之は知永子の手首を握った。険しい表情で睨みつけた。

「いい加減にしてくれ」

「黙らせてみなさいよ」

薄闇の中で知永子の瞳は邪悪に輝いている。

「あなたにはもう、できるでしょう？　生意気な年上の女に恥をかかせて黙らせることが……」

もう許してくれ、と浩之は心で泣いていた。しかし、それを口にすることはできなかった。許されるわけがないからだ。

知永子は半年以上、夫の浮気に悩み、眠れない夜を過ごしてきたのだ。これはきっと一時の気の迷い、短期間の火遊びに違いないという淡い期待を胸に自分を励《はげ》まし、我慢しつづけてきたのである。

しかし、浩之は期待を裏切った。知永子の堪忍袋《かんにんぶくろ》の緒《お》が切れるまで、年若い女との恋にうつつを抜かし、知永子が心を痛めていることに気づきもしなかった。

だからこれは当然の報いだった。

なにを言われても、どんな毒舌を吐かれても文句は言えない。波留と知永子では立場が違う。知永子の気がすむまで、ロープを背負って打たれつづけるしかない。

「でも、気持ちはわかる……」

知永子が背中を向けてそっとつぶやいた。

「あの子、危なっかしくて放っておけない感じがするもんね……わたしもね、あなたのそういうところを好きになったんだもの。キャラが全然違うから、あなたの場合は放っておけないっていうより、かまってやりたくなるというか……からかってやりたくなるというか、そういう感じだったけど……」

「……ひどいな」

浩之は苦笑しながら、図書館でされた最初のキスのことを思いだしていた。

「からかうつもりが本気になっちゃったんだから、わたしもどうかしてるわよね……でも、楽しかった。わたしってけっこう男を見る目があったんだって、自分でも驚いちゃったくらい……」

過去形で言わないでくれ、と浩之は思ったが、もちろん口にはできなかった。

「……怒んないよ」

知永子は背中を向けたまま、掠《かす》れるような小さな声で言った。

「あなたがあの子を選んでも、わたしは……」

浩之は言葉を返せなかった。知永子なら、たしかに笑って別れてくれそうだった。しかし、だからといって傷つかないわけではない。むしろ、哀しみは深く激しい。強がっているぶんだけ、心に受けるダメージは……。


眠れない夜が続いた。

幽霊のように生きているうちに、一週間、二週間があっという間に過ぎていった。学校では年度末の行事が目白押しで、あわただしかったせいもある。なにしろ初めて受けもちの生徒を卒業させるので、慣れない仕事が山積していた。就職希望者の就職が決まっていないのがいちばんの問題で、朝早くから夜遅くまで東奔西走《とうほんせいそう》しなければならなかった。

表面上は超多忙、気持ちは幽霊の浩之をよそに、知永子と波留の関係は変化していった。どういうきっかけがあったのか知らないが、気がつけば仲良くなり、一緒に料理などしていたのである。

波留がこの家にやってきたときは、視線も合わさない険悪なムードだったし、そもそもふたりのキャラクターは水と油ほど違う。それが年の離れた姉妹のような雰囲気さえ醸《かも》しだしているのだから驚くしかなかった。波留は知永子から借りたスーツや靴を身に着けて、卒業式に参列した。

浩之はわけがわからなかった。疎外感《そがいかん》さえあった。

卒業式までに結論を出すという話も、あまりの忙しさにうやむやになったまま、三人での生活は続けられた。

三月二日……。

三日……。

四日……。

卒業式が終わっても、仕事に終わりはなかった。今度は入試の準備で忙殺され、時間だけがズルズルと過ぎていった。

このままではいけなかった。入試が終われば終業式があり、終業式が終われば新学期に向けて様々な会議がある。それに続くのは入学式に始業式、新しいクラスを担任すれば、生徒たちと馴染《なじ》むまで気苦労が絶えない。

仕事を言い訳にしていては、いつまでも三人での生活が続くのである。

5

浩之は疲れていた。

仕事が多忙な時期、家に帰ってきても神経が休まらない状況が続けば、心身ともにボロボロになっていくに決まっている。

体重は五キロ減り、歩いているとき眩暈がするのが普通のような状態になって、職員室で会う先生たちからも心配されることがよくあった。山本の件が尾を引いているのだろうと、教頭に一対一で飲みに誘われ、悩みごとがあるなら言ってみなさいと励まされた。

皮肉な話だった。山本は愛に殉じて死を選んだが、浩之は愛に迷っている。殉ずるべき愛が見えない。山本のことが心底《ごう》羨《うらや》ましいと思った。心中という結果は痛ましい限りだが、あの男は妻に対する愛を毫も疑っていなかった。そういうふうに公言していたし、浮気もしていないのに妻に浮気を疑われないよう気を遣っていた。夜の営《いとな》みもサボらなかった。口先だけではなく、妻への愛を行動で示し、その果ての心中なのである。誰にも文句は言わせないと、彼はあの世で叫んでいるだろう。

自分が知永子や波留に示している煮えきらない態度と比べると、情けなくて涙が出てきそうになる。

それでも浩之は決められなかった。

知永子と波留、どちらかを選べなかったのではなく、どちらかを切り捨てることが、どうしてもできなかったのである。

その日は波留と一緒に寝る日だった。

一緒の布団で抱きあって寝ても、セックスはしないと決めた。ひと月以上も繰り返していれば、それはもはや習慣のようになっていた。最初のころは悶々《もんもん》として眠れなかったものの、さすがにそれでは体がもたず、横になればスイッチが切れたように眠りに落ちていく――そうなっていたはずだった。

しかし、その日に限って眼が冴え渡り、波留が布団を移動して身を寄せてくると鼓動が乱れはじめた。くたくたに疲れているはずなのに、むらむらとこみあげてくるものがあった。気がつけば痛いくらいに勃起して、いても立ってもいられなくなっていた。

セックスがしたかった。

女が欲しくてたまらなかった。

三人での生活が始まってひと月半が経過したということは、ひと月半以上セックスをしていないということだった。溜まっているのだ、と冷静な自分が判断した。これはひとつの天啓《てんけい》ではないか、と冷静ではない自分が言った。

理性では決められず、感情はふたつに引き裂かれていても、体は波留を求めているのだ。今日が知永子と寝る日であったら、こんな気持ちにはならなかった気がする。

波留を抱きたい……。

ならば、理性ではなく、感情でもなく、体が波留を選んだということにならないだろうか。体の判断が、理性や感情よりも劣《おと》っていると誰が言えるだろう。選んだのなら、それはひとつの結論ではないのか。

いや……。

本当は、理性や感情も、波留を選んでいたのかもしれない。

知永子はひとりでも生きていける女だった。たとえ離婚しても、事業が軌道に乗っているから生活に困らないし、これからさらに大きな成功を手に入れる可能性だって少なくない。三十六歳とはいえ美しいから、言い寄ってくる男は引きも切らないだろう。独身に戻ったところで、彼女には輝ける未来があるのだ。

一方の波留はどうだ。自分がいなければ、危なっかしくてしようがない。彼女に失恋の痛手を負わせ、手負いの獣にして野に放つなんて鬼畜《きちく》の所業だと思う。可哀相《かわいそう》すぎる。自分が守ってやらなければ、波留は……。

「……どうしたの？」

馬乗りになって顔を見つめていると、波留は寝ぼけまなこを薄く開いた。寝ぼけていても可愛かった。残りの人生を、この女に賭けても惜しくはない。そんな気がしてくる。

「……ぅんんっ！」

唇を重ねると、波留は眼を見開いた。ひどく驚いているようだった。浩之も驚いていた。波留と一緒に横になるまで、そんなつもりはまったくなかったからだ。衝動としか言い様のないものが、波留の口の中に舌を差しこませていく。戸惑うばかりの二十歳《はたち》の舌を、ねちっこく舐めまわしてやる。

「んっ、ねえ、先生っ……どうして？　どうして……」

波留は理由を聞きたがっているが、浩之は黙ってパジャマのボタンをはずした。もう言葉は必要なかった。ここで愛しあえば、隣の部屋に声が届く。それが答えだった。知永子は鈍《にぶ》い女ではないし、プライドだって低くない。隣室からあえぎ声が聞こえてくれれば、すべてを察してくれるだろう。

今日で三人の暮らしは終わりだった。

現実的な手続きはともかく、波留とふたりで生きていく。決意を表明するように、パジャマの前を割る。

波留はブラジャーではなく、タンクトップのようなものを着けていた。それをずりあげ、白い乳房を取りだした。両手ですくいあげ、やわやわと揉《も》んだ。そうしつつ、先端に咲いた桜色の乳首に顔を近づけていく。自分の鼻息が荒くなっているのがわかる。浩之は渇いていた。ひと月半ぶりのセックスだった。

「あっ……んんんっ！」

乳首を口に含むと、波留はのけぞりながら口を手で押さえた。

「こっ、声がっ……声が出ちゃうよっ……」

喉を絞って訴えながら、肩を叩いてくる。浩之はかまわず乳首を吸いたて、舐め転がす。色合いは清らかでも、波留の乳首は感度が高い。吸って舐めて甘嚙みまでしてやれば、身をよじらずにいられなくなる。必死に声をこらえているが、それだって長くはもたないと自分でもわかっているはずだ。

浩之は左右の乳首を執拗に愛撫しては、白い隆起にも舌を這わせた。これは自分のものだとマーキングするように、ふたつの胸のふくらみを唾液まみれにし、指を食いこませていく。いつもより強い力で揉みくちゃにすれば、波留はちぎれんばかりに首を振る。なんとか声をこらえていても、吐息が高ぶるのはどうすることもできない。ハアハアとはずむ呼吸音が、部屋の中に充満していく。

浩之は後退《あとずさ》り、波留のパジャマのズボンを脱がしにかかった。ショーツまで一緒にめくりさげる乱暴なやり方だったが、クンニリングスは少し工夫してやることにした。

波留を全裸にすると、体を反転させて膝を立てさせた。四《よ》つん這《ば》いで尻を突きださせる格好だ。これなら、声をこらえやすい。枕《まくら》に顔を埋《うず》めておけばいい。恥ずかしがり屋の彼女を気遣ったわけではない。隣室に声が聞こえることを恐れていたわけでももちろんない。どうせ悲鳴をあげさせるなら、我慢して我慢して限界まで耐えてから爆発する声を聞いてみたいと思ったのである。

突きだされた尻を眺めた。丸かった。橙《だいだい》色の常夜灯だけがともった薄闇の中で、冴えた月のように白く輝いていた。撫でれば、剝き卵の質感だ。表面はつるつるで、肉にはたまらない弾力がある。まるで芸術品だ、と思う。しかし、ぐいっと桃割れをひろげれば、セピア色のアヌスが顔を出し、その奥にある割れ目から、獣じみた匂いがむんむんと立ちこめてくる。

波留も溜まっていたのだろうか。一カ月半の禁欲生活が、この清く美しい体にどんな影響を与えているのか。人知れず淫らな欲望を煮えたぎらせ、この日が来るのを待ち望んでいたのか。

「……くくっ！」

ねろり、と割れ目を舐めあげると、波留は枕に顔を押しつけて声をこらえた。体は反応していた。一瞬こわばったものの、ねろり、ねろり、と舌を這わせるほどに、尻がビクビクしはじめた。太腿《ふともも》も震えている。一見すると少女じみた体型をしていても、尻や太腿にはしっかりと肉がついている。四つん這いにするとそれが顕著《けんちょ》になるから、見た目がたまらなくセクシーだ。

「んんんーっ！」

波留が驚いた顔で振り返った。浩之の舌が、アヌスを舐めはじめたからだった。そこを舐めると、波留はくすぐったがる。しかし、同時に割れ目をいじってやれば、まったく違う反応になる。

「んんんーっ！　んんんんーっ！」

波留は振り返っていられなくなり、顔を枕に押しつけた。枕がなければ、喜悦に歪んだ悲鳴が部屋中にこだましていただろう。くすぐったさに身をよじっていても、感じている。割れ目から蜜がしたたってくる。指先がクリトリスをとらえれば、反応はさらに激しくなり、右に左に尻を振りたてる。

浩之は激しく興奮していた。全身の血が沸騰しているようだった。あれほど疲れていたはずなのに、身の底からエネルギーがこみあげてくる。波留の反応が活力を与えてくれる。

桃割れをさらにひろげ、割れ目まで舌を伸ばしていく。波留が好きだ、と思う。たまらなく好きだ、と思いを噛みしめる。くにゃくにゃした花びらをしゃぶりまわしながら、好きだ好きだと呪文のように胸底で繰り返す。

やがて、あふれた蜜が糸を引いてシーツに垂れていくと、浩之は波留の体をあお向けにした。両脚をM字に割りひろげて、濡れた花園を露わにした。

波留は真っ赤な顔で息をはずませている。呆然とした眼つきをしているのは、四つん這いクンニに翻弄されきったからか、あるいは、この先の展開に思いを馳《は》せているのか。

浩之はTシャツとブリーフを脱ぎ捨てた。股間のイチモツは天を衝《つ》く大蛇のようにそそり勃ち、波留を威嚇《いかく》する。波留の両脚の間に腰をすべりこませていく。切っ先を濡れた花園にあてがう。ヌルリとした感触に、お互いに息を呑む。

波留があわあわと口を動かしている。声が出てしまうと訴えてくる。

出せばいい。

隣にいる知永子に思いきり聞かせてやればいい。

浩之は腰を前に送りだした。鋼鉄のように硬く勃起した男根を、ずぶずぶと女の割れ目に侵入させていった。処女を奪ったときの、なかなか結合できなかったことを思いだす。ずいぶんとスムーズに挿入できるようになった。もうきつくはないが、結合感はずっといい。内側の肉ひだが吸いついてくる。ざわめきながらカリのくびれにからみつき、ただ入れただけでたまらない快感を与えてくれる。

「ううう……ううう……」

波留は怯えきった顔で、首を小刻《こきざ》みに振っている。声が出てしまうことを恐れている。波留らしくもない、と浩之は思う。俺はおまえを選んだのだ、と言ってやりたかった。ライバルに勝ったのだ。高らかに勝《か》ち鬨《どき》をあげればいい。いやらしすぎる嬌《きょう》声《せい》を隣の部屋に届かせればいい。

浩之は腰を動かしはじめた。まずはゆっくり肉と肉とを馴染ませようとしたが、無理だった。二、三度男根を抜き差ししただけで、欲望がつんのめっていった。そもそも波留の中は充分に濡れていて、馴染ませる必要などなかった。ヌルヌルした感触が気持ちよかった。気がつけば連打を放っていた。パンパンッ、パンパンッ、と音をたて、渾身《こんしん》の力で突きあげていた。

「んんんーっ！　んんんーっ！　んあああああーっ！」

波留が身をよじりながら喜悦に歪んだ声をあげる。それでいい。もっと叫べ、もっと叫べ、と浩之は腰を振りたてる。よく濡れた蜜壺から、卑猥な肉ずれ音がたつ。腕の中で波留が背中を反らせる。ずんずんっ、ずんずんっ、と最奥を穿つほどに、総身をのけぞらせて、腰をくねらせる。両手を首にからめて、白い喉を突きだしてくる。

「あああああーっ！　はぁあああああーっ！」

手放しでよがりはじめた波留を、浩之は思いきり抱きしめた。この手で開発した体だった。愛着があって当たり前だった。怒濤の連打で翻弄した。声が嗄《か》れるまで、あられもない悲鳴を絞りとってやろうと思った。

6

物音を感じて眼を覚ました。

遮光《しゃこう》カーテンの隙間から朝陽がもれていたが、波留はまだ眠っている。浩之の腕にしがみつき、気持ちよさそうに寝息をたてている。

起こさないように注意して腕をほどき、浩之は布団から抜けだした。脱ぎ散らかしてあった下着や服を着けて、波留の部屋を出た。

玄関にベージュのスーツケースが置いてあった。知永子のスーツケースだ。鼓動が乱れていくのを感じながら、二階へ続く階段を昇っていく。

知永子がいた。

テーブルでなにか書きものをしていたが、部屋着ではなくコートを着ている。外出の準備は整っている様子だ。顔をあげ、一瞬バツの悪そうな顔をしたが、

「起こしちゃった？」

鼻に皺《しわ》を寄せて悪戯っぽく笑った。

知永子が書いていたのは離婚届だった。自分の欄《らん》をすべて書きこみ、判子《はんこ》を押して

渡してきた。

浩之が受けとれないでいると、ふっと笑ってテーブルに置いた。ボールペンや判子をバッグにしまい、リビングから出ていこうとした。波留がそこに立っていた。しばらく無言で見つめあった。年の離れた姉妹には、もう見えなかった。

浩之は波留に近づいていった。ぼんやりした顔をしている。寝起きのせいではない。ひとつの夫婦が壊れていく音を、彼女は聞いているのだ。

しかし……。

浩之は波留の足元に土下座した。

「すまない」

床に額《ひたい》をこすりつける。

「別れてくれ、波留。俺はおまえと一緒には暮らせない」

知永子に向き直り、もう一度床に額をこすりつける。

「本当にすまなかった。謝ってすむもんじゃないだろうが、この償《つぐな》いは一生かけてしていくつもりだ。やり直させてくれ。波留とはきっぱりと別れる」

リビングは水を打ったような静寂に包まれた。

波留と別れ、知永子とやり直す——それが浩之の出した結論だった。昨夜、波留を抱いてはっきりした。

波留はいい女だった。立派な大人の女に成長していた。この手で成長させてやったという自負もあり、誇りもある。けれども、もう守ってやる必要性を感じなかった。知永子がそうであるように、彼女もひとりでやっていける。

なにより……。

波留は浩之と同じだった。浩之が知永子に童貞を奪われ、セックスのイロハを教わったように、浩之が手取り足取りベッドマナーを教えこんだ。しばらくいい関係が続いても、きっといつか鬱陶しく思われる日が来る。他の男にも抱かれてみたいと思うときが訪れる。波留は元来、奔放な女なのだ。淋《さみ》しがり屋のくせに自由を求める……。

他の男になびく彼女を、浩之はとめることができない。自分もそうだったからだ。恋とセックスの教師である知永子から離れ、自由に恋とセックスを楽しんでみたくて、十も年下の教え子に手を出した。

波留を他の男に寝取られる――耐えられそうになかった。立ち直れないほどのダメージを受け、正気を失ってしまうかもしれなかった。

ならば……。

そして、波留を選ぶということは、知永子に正気を失うような深い悲しみを押しつけるのと同じだった。できないと思った。もう手遅れかもしれないけれど、できないという気持ちだけは伝えておきたかった。その結果、知永子も波留も、ふたりとも失うことになったとしても、それはそれで受け入れるしかない。

「……よかった」

静寂を破ったのは、波留の声だった。

浩之は顔をあげた。

波留は涙を流しながら笑っていた。

「先生がやさしい人でよかった……奥さんを捨てられない人で……本当によかった……」

「なんで……せっかく、離婚届用意してあげたのに……」

複雑な表情で立ちすくんでいる知永子をよそに、波留はテーブルのほうに歩いていくと、離婚届を破きはじめた。何度も何度も細かくちぎって、天井に向かって投げた。ひらひらした紙吹雪をリビングに舞い散らせた。

高台にある波留のアパートまで、浩之はクルマで送った。

久しぶりに訪れる彼女の部屋は、ひどく狭く感じられた。こんな狭いところで、来る日も来る日も体を重ねていたのか、と思った。

浩之はもう、すっかり踏ん切りがついていた。

波留もさっぱりした顔をしている。

それでも部屋の前では別れられず、あがっていけばと波留が言い、少しだけと浩之はあがりこんだ。ソファに座ってお茶を飲めば、いつまでもグズグズしてしまって腰をあげられなかった。

さよならを言って手を振りあえば、それが今生《こんじょう》の別れになってしまうからである。浩之は別れに慣れていなかった。愛しあった恋人と別れるのは、これが初めての経験なのである。

もちろん、波留もそうだろう。セックスはなしの約束で部屋に転がりこんだ男たちとは何度も別れていても、今回は意味が違う。この恋を、彼女は初恋だと言っていた。初恋だから、納得いくまで頑張るのだと……。

「わたし、東京に行こうかなあ……」

ぼんやりした顔で、波留が言った。

いいかもしれない、と浩之は思った。しかし言えなかった。波留は卒業後のいまもまだ、お菓子工場で働いている。浩之との関係が枷になったのだ。新卒なら、都会の企業に就職する道もあったのに、そういう決断ができなかった。浩之がチャンスを奪ったも同然だった。

「もし東京に行くなら……」

浩之は言った。

「向こうの知り合いに頼んでやろうか。就職先だって住むところだって、勝手がわからないと大変だからさ。こっちと違って……」

「大丈夫」

波留は笑顔で首を振った。

「それには及びません……もう……先生には……頼らない」

「……そうか」

眼を見合わせて、力なく笑いあう。

「でもさ、このままお別れするのはちょっと淋しいね」

波留がわざとらしいくらい明るい声で言った。

「お昼ごはん、食べていきません？　知永子さんに教わったから、けっこう料理の腕があがったよ」

もう午後一時に近かった。

本来なら出勤する時刻だったが、今日は会議がなかったので、遅刻していくことにした。波留との最後のひとときだった。職務怠慢《たいまん》の誹《そし》りを受けても、人としてそれを蔑《ないがし》ろにすることはどうしてもできなかった。

浩之のクルマでスーパーに買いだしにいき、波留が料理をつくった。

「先生は座ってて」

と言われたので黙って待った。やけに時間をかけてできあがった料理は、鶏肉のトマト煮だった。知永子ではなく、浩之が彼女に教えた料理である。それを教えた日、浩之と波留は男と女の関係になった。

胸をつまらせながらひと口食べた。自分の味と少し違った。こんなふうにハーブをたくさん使うのは、たしかに知永子のやり方だった。

波留はいったいどんな思いで、知永子から料理など教わっていたのだろう。

自分と一緒に暮らすときを夢見ていたのだろうか。

エプロンをつけた可愛い「お嫁さん」になりたかったのだろうか。

破天荒《はてんこう》な彼女には似合わない夢だった。だからこそ、せつない。その程度の夢を、叶えてやれなかった自分が不甲斐ない。目頭が熱くなってくる。

「……いろいろすまなかった」

フォークを置いて言った。

「すごくつらい思いをさせちまったな。おまけに結局約束を破った。一緒に住むことはできなかった……でも、俺は……俺は本当に……本当におまえのことが好きだった……嘘じゃない」

「やめて、先生。泣かないで……」

波留の眼にも涙が浮かんだときだった。

地鳴りが近づいてきて、アパートが揺れはじめた。天変地異を予感させる、かつて経験したことのない激震が襲いかかってきた。

二〇一一年三月十一日、午後二時四十六分――。

東日本大震災だった。

第六章　もう一度側に

1

それから長い月日が流れた。

浩之は東京の実家に帰り、饐《す》えた匂いのする自堕落《じだらく》な生活を送っていた。

「ちょっとやめなさいよ、また入院したいの？」

台所で熱燗《あつかん》をつけようとしていると、母が飛んできた。浩之はしかたなく熱燗を諦《あきら》め、紙パックの日本酒と湯呑みを持って二階の自室にあがっていった。

まだ午前中だった。連続飲酒で病院送りになってから、半年しか経っていない。文句を言いたくなる気持ちもわかる。だが、やめられない。茶碗酒をぐっと飲めば、とりあえず気持ちが落ち着く。指先の震えもおさまり、意識が冴えわたっていって、ようやく自分を取り戻した気分になる。

取り戻してなにをするのかと言えば、ぶっ倒れるまで飲みつづけるだけなのだが……。

いつからこんなふうになってしまったのだろう。

仕事もせずに朝から酒を飲んでいるのは、人間の屑《くず》だ。そんなことはわかっているのに、もはや自分の力ではどうにもならない。自己嫌悪から逃れるために、酔わずにいられないのだ。酔いが醒めれば、ひときわ苦しい自己嫌悪が訪れるだけに決まっている。それでもとりあえず泥酔して、思考回路を麻痺《まひ》させずにはいられない。

命からがら被災地東北から逃げだしてきて以来、ずっとこの調子だった。いや、知り合いの紹介で塾講師のアルバイトをしたり、家庭教師センターに登録したこともある。しかし、長くは続かなかった。朝から酒びたりになっている兄と顔を合わせたくなくて、妹は家を出ていった。母はいまだに口うるさく文句を言ってくるが、父にはすでに諦められている。

「おまえには亡くなった人の分も、一生懸命生きる義務があるんだぞ。拾った命を無駄にするな」

かつてはよくそんなことを言われていたが、いまでは家の中で眼が合っても無視されている。もっとも、こちらも厄介者《やっかいもの》としての生活が板についてきたので、その程度では傷つかないが。

テレビをつけると三・一一の特番をやっていた。日本中を震撼《しんかん》させたあの大震災から、すでに六年が過ぎたらしい。

復興は進んでいるとは言いがたく、いまだ十万単位の人間が仮設住宅で避難生活を余儀なくされている。その一方で、被害のなかった地域の人々の間では、震災の記憶は風化の一途を辿るばかりだ。

見知らぬ土地で見知らぬ人間が喪失感にのたうちまわっていることなど、誰も気にとめていない。そんなことより、目の前の儲《もう》け話が重要だ。恋愛で胸をときめかすことや、今晩のおかずのことを考えるので精いっぱいなのだ。

皮肉を言っているのではない。人間とはそもそも、そういう生き物なのである。

あの日――。

浩之は波留の部屋で被災した。襲いかかってきた地震の激しさは、思いだすだけで冷や汗が大量に噴きだしてくるほどで、浩之は波留と抱きあって床に転がりながら、はっきりと死を意識した。自分と波留が無念の死を迎えるという感じではなく、地面がめくれあがって町全体が崩壊し、その下敷きになって命の炎がはかなく消えていくのだろうと、生々しくイメージできた。

なんとか揺れがおさまったときの安堵は、言葉では表現できない。アパートが倒壊しなかったのが奇跡に思えたが、飛んできた家具がぶつかって、浩之は頭から血を流していた。波留が半狂乱になって大騒ぎしたが、傷は浅くてたいしたことはなかった。浩之は頭にタオルを巻いて止血し、波留とふたりでしばらく放心状態に陥った。やがて我に返るとあわてて知永子に電話をした。携帯は繋がらなかった。テレビがうんともすんとも言わなかったので、停電しているのだと天を仰いだ。

地鳴りは続いていた。余震もあった。それでも浩之は知永子の様子を見にいこうとしていた。

波留が窓を開けて外を見た。「どうなってる?」と声をかけても返事がなかった。波留は悲鳴をあげることもできないままその場にへたりこんだ。

浩之も窓の外を見た。昼間なのに暗かった。稲妻が光っていた。海が近かった。津波が押し寄せ、海岸線がすでに呑みこまれていた。

浩之は知永子の元に急ごうとしたが、波留にとめられた。足にしがみついて離れなかった。浩之は怒声をあげて振り払おうとした。修羅場だった。

結果的には波留の判断が正しかった。そのときクルマで自宅に向かったとしても、手遅れだった。取り乱したまま闇雲《やみくも》に坂をくだっていけば、自宅に着く遥か手前で押し寄せてくる津波に呑みこまれていたに違いない。

町は壊滅《かいめつ》的な被害に遭った。浩之と波留は避難所になっている学校に移動した。浩之は教師らしいことをなにもできなかった。知永子を見捨ててしまったショックで意識が朦朧《もうろう》とし、数日後、遺体と対面すると本格的な心神喪失状態に陥った。そういう人間は避難所にたくさんいたはずだが、とくにひどかったのだろう。幹線道路が復旧すると、東京の実家に帰るように教頭に諭され、東京に向かうクルマに押しこまれた。

波留とどうやって別れたのかも、よく覚えていない。思い返して眼に浮かぶのは、眉根を寄せて心配している顔ばかりだった。

波留は避難所で家族と再会し、秋田の親戚の家に身を寄せるというようなことを言っていた。継父はＤＶだし、実母は無関心だし、救いのない家庭環境だと思っていたが、逆境で支えあうことができるのは、身内を大切にする東北人気質のなせるわざなのかもしれなかった。

東京は別世界だった。

地震の被害もあったようだが、東北の海際の町のように、あたり一面が瓦礫《がれき》の山になったり、鼻の曲がりそうな異臭を漂わせていることはなかった。浩之の自宅周辺は見知った光景そのままであり、計画停電や食料品の買い占め騒動などがあったものの、基本的には震災前と同じ日常が続いていた。

体調が戻ったら海辺の町に戻り、復興活動の手伝いをしよう——そう思っていたのは嘘ではない。

しかし、結局は戻ることなく東京に居続けた。「生まれ故郷でもないのに戻る必要があるのか」「おまえが行ったところでたいした力にはならない」「こっちで新しい生活を始めたほうが前向きな人生だ」。いろいろな人にいろいろなことを言われた。

浩之はそれらの助言の都合のいいところだけを切りとって、自分を誤魔化《ごまか》す言い訳にした。酒ばかり飲んで無為な時間を過ごしていたのだから、前向きな人生もへったくれもない。

怖かったのだ。

あの町に帰り、知永子のことを思いだすことが怖かった。見捨ててしまった罪の意識に心が潰されることが怖かった。べつに見捨てていない、助けに行っても間に合わなかったのだ、と知っている人間全員に慰められたが、だからといって自分が許されるとは思えなかった。

これからだったのである。波留との一件で散々に傷つけ、これから一生かけてその罪を償おうと決意したばかりだというのに、その機会は永遠に失われてしまった。

知永子はどんな気分で天国に行ったのだろうか。表面的には自分とやり直すことを受け入れてくれたが、はらわたが煮えくりかえっていたのではないだろうか。煮えくりかえっていたに決まっている。

その前日、浩之は隣の部屋で波留を抱いている。喜悦に歪んだ悲鳴を高らかにあげさせるために、突いて突いて突きまくっていたのである。

「こういう言い方をしたら申し訳ないけど……」

実家に戻って一年ばかりが過ぎたころ、父に言われた。

「知永子さんも亡くなってしまったことだし、東北にいた四年間は、丸ごと全部忘れてしまえばいいんじゃないのか。人間、時には忘れるのも大事なことだ。いつまでもウジウジしているよりも……」

心を病んだ息子に対する、精いっぱいの思いやりだったのだろう。言わんとすることは理解できたが、そんなことが簡単にできるわけがなかった。ウジウジしているうちに、すでに六年だ。東北に住んでいた時間より長い時間を、立ち直れないまま過ごしているのである。

もちろん……。

こんなことでいいはずがなかった。父もそろそろ定年退職が近づいているので、いつまでもパラサイトを決めこんでいるわけにはいかない。なによりこのままでは、本格的に人生を棒に振ってしまう。

テレビでは三・一一の特番が続いていた。

東北の景色は遠く、もはやすっかり他人事《ひとごと》になっているのが悲しかった。他人事なのに囚《とら》われて抜けだせない。自堕落《じだらく》に酒を飲んでいるだけで被害者面《づら》などしたくはないが、地震さえ起こらなければと思ってしまう。

せめて津波が襲いかかってこなければ、知永子が生きていてくれれば……。

「……あっ」

湯呑みを落としそうになった。

酒毒がまわったわけではない。

波留がテレビに映っていた。

2

こんなにも遠いところに住んでいたのか、と久しぶりに彼の地に向かう車内で思った。

新幹線で二時間半、在来線で一時間半、自宅があった場所まではさらにクルマで十五分。住んでいたころは、それほど遠いとは思わなかった。若く気力に満ちていたから、長距離の移動など気にならなかったのだろう。

はっきり言って、近年は二度とこの地に足を踏み入れることはないだろうと思っていた。そういう心理が、異様に遠く感じさせるのかもしれない。目的地が近づいてくるにつれ、自分ひとり逃げてしまった後ろめたさでやりきれなくなっていく。

どの面下げて訪れればいいのかわからなかった。震災直後、心神喪失状態になってしまったのはしかたがない。しかしその後、戻ってくる機会はいくらでもあったのである。

同じ学校で働き、世話になっていた人たちがいた。元生徒たちだっている。彼らが復興活動に汗水流しているのがわかっていて、手助けに来られなかった罪悪感は深い。

それでも、訪れることにしたのは波留に会うためだ。

三・一一の特番で、彼女はテレビに映っていた。浩之のよく知る海辺の町を背景に、インタビューを受けていた。よくある被災者の肉声を拾う感じのインタビューである。

「もう六年……六年ですか……長いような短いような……」

二十六歳になっているはずだが、すぐに彼女だとわかったほど顔は変わっていなかった。ほんの少し表情が落ち着き、ほんの少し所帯じみた雰囲気になっていたが、その程度だった。

「瓦礫がなくなっても、新しい堤防ができても、復興したって感じじゃありませんね……まだ長い道のりの途中っていうか……」

インタビューの内容は耳に入ってこなかった。波留は子供の手を引いていた。五、六歳の、小学校に上がるか上がらないかの年ごろの男の子だった。

まさか……。

結婚して家族をもったのなら、それでいい。祝福の言葉を直接かけることはできないけれど、遠くから見守っている。心から幸福を祈っている。

しかし、子供の年齢が気になった。あの震災の前夜、浩之は波留を抱いている。抱いているときは、知永子ではなく、波留を選んだ気になっていた。波留も浩之の求愛を受け入れてくれ、途中までは声をあげるのをためらっていたものの、一度声をあげてしまうと、吹っきれたように乱れはじめた。

愛の成就にふたりは燃えた。あまつさえ、ひと月半ぶりのセックスだった。歓喜と熱狂の度合いはすさまじく、頭を真っ白にして腰を振りあった。波留は手放しでよがり泣きながら中で出してと言った。安全日だと理解したが、べつに子供ができてもかまわないと思いながら、浩之は欲望のエキスをぶちまけた。

本当に安全日だったのだろうか？

テレビのインタビューは十数秒に満たない短さで、波留はすぐに画面から消えてしまったが、子連れの映像は浩之の脳裏に鮮明《せんめい》に焼きついて離れなかった。

まさか……。

俺の子供じゃ……。

時期的にはぴったり合う。

もちろん、浩之と別れてからすぐに別の男と付き合いはじめたという可能性もあるだろう。だが彼女は、被災後しばらくは、それほど仲良くない家族と、親戚の家で避難生活を送っていたのである。そんな余裕があるだろうか。そもそも、ひとつの恋が終わったからといって、すぐに次の恋を始められるほど器用な女なのか。

そういうタイプだと思っていたこともあるけれど、関係をもってからは誤解だったと思い知らされた。

まさか……。

俺の子供じゃ……。

その思いは日に日に強くなっていくばかりで、浩之は戸惑い、動揺した。

避難先で妊娠に気づいた彼女は、ひとりで産んで育てる決意をしたのだろうか。誰にも相談できないまま、別れた男の子供を……。

テレビに映った彼女は健康的で、荒《すさ》んだ生活を送っているようには見えなかったけれど、実際はどうなのだろう?

仕事はなにをしているのか。働いていたお菓子工場は海際にあったから、津波で流されてしまったはずだ。あるいは、子連れでもいいという男と巡《めぐ》り会い、所帯をもっているのか。

会いにいこうと決断するまで、一週間ほどかかった。決断してからの行動は早かった。なけなしの金を集めて、北に向かう新幹線に飛び乗った。

波留に会って確かめたかった。

確かめずにはいられなかった。


地形が変わっていた。

海に近づくほど更地《さらち》ばかりが目立ち、先にあるのは鈍色《にびいろ》に屹立《きつりつ》する、巨大なコンクリートの堤防だった。

花を手向《たむ》け、手を合わせた。

知永子……。

この海が気に入って、ふたりで移住してきた。もう十年前のことだ。都会では味わうことができない、豊かな時間をここで過ごせた。それは事実だ。浩之の人生の中で、掛け値なしに特別な時間だった。

しかし、この海は妻を殺し、家を破壊した。恨んでもしかたがないが、恨まずにはいられない。自然は恐ろしい——わかっていたつもりだが、わかっていなかった。

わかるわけないではないか、と怒りがこみあげてくる。いったい誰があんな大地震や大津波を予想して、日々の生活を営んでいるというのか。

海に背を向けて高台の町に向かった。

ひどく静かだった。

元より静かな町なのだ。震災の爪痕《つめあと》はそこここに残っているものの、すべてを失った絶望感も、復興に沸《わ》きたつ高揚感もなく、住人はすでに淡々《たんたん》とした日常を取り返している雰囲気だった。

六年という年月の長さと重さを感じる。崩壊した町をこの状態にするまでいったいどれだけの労力を要したのか、考えると溜息しか出てこない。

復興された町並みは、かつてよりずっときれいになっていた。倒壊した店が新しく建て替えられ、目抜き通りも広く整備されて、そこだけ見れば新興住宅地のようにも見える。

「やだ……先生じゃないですか?」

店から出てきた若い女が眼を丸くした。

「佐倉先生ですよね? いつ戻ってきたんですか?」

教え子の紀子だった。金髪が黒くなっていたので、一瞬わからなかった。よく見ると、出てきた店は百円ショップで、彼女の実家だった。古かった建物が新しくなっている。

「久しぶりだな」

浩之は苦笑をひきつらせた。

「こっちに来たのは震災以来だよ。みんな元気でやってるか？」

「それは……まあ……」

紀子の表情が曇る。

「すまん。愚問だったな」

一律《いちりつ》に「みんな元気」と言えるような状況のわけがない。生徒の中には亡くなった者もいるし、家族や親戚縁者を亡くした者はもっと多い。

「でも、みんなけっこう頑張って生きてますよ。せっかく生き残ったんだから、弱音なんて吐けないって。死んでいった人に申し訳ないって」

「……そうか」

「この先で、達也がリサイクルショップやってます。海辺に倉庫があったから、みんな津波で流されちゃったんですけどね、二年前かな？　ようやくお店を再建できて」

「そうか、達也が……」

「あとはあっちに行った角で、友恵がお弁当屋さんやってます。あっ、知ってました？　友恵、結婚したんですよ」

波留はどこにいるのか、言葉が喉まで迫《せ》りあがってくる。

「先生は……」

上目遣いに顔色をうかがわれた。

「もう大丈夫なんですか？　東京の実家で静養されてるって……」

瞳に同情が滲《にじ》んでいる。妻を亡くしたことも、そのショックで心神喪失状態に陥ったことも、噂で小耳に挟んでいるのだろう。

「情けない話だよな……」

溜息まじりに苦笑する。

「体調が治ったらすぐにでも戻ってきて復興の手伝いをすべきだったのに、できなかった……すまない」

「やめてくださいよ、先生。頭なんてさげないで」

「いや、しかし……」

「先生は先生で大変だったって、みんな知ってますから。誰もそんなこと気にしてません。顔出せばみんな喜びますよ。ね、先生。そうしてあげて」

紀子に肩を叩かれても、浩之はなかなか頭をあげることができなかった。できることなら、知っている人間の家を一軒一軒まわり、床に額をこすりつけて詫《わ》びたかった。

3

紀子によれば、波留は商店街のはずれにある食堂で働いているということだった。結婚したとか、子供がいるとか、そういう情報までは得ることができなかった。紀子と波留は、それほど仲がよかったわけではない。というより、波留は誰とも仲よくなかった。悪かったわけでもないが、なにしろ無口だし、女同士でベタベタするタイプではないから、クラスの中で一目置かれていても、プライヴェートをあけすけに話せるような友達はいなかったのではないか。

夕暮れが近づいていた。

三月の東北は寒く、それなりの防寒態勢をとっていても、外をうろつきまわっていれば、体の芯《しん》まで冷えてくる。

最初に元教え子と会ったことで、浩之は多少なりともリラックスすることができていた。元気が出てきた、と言ってもいい。

予定のない旅だった。宿こそ予約してあるものの、帰る日にちも決めていない。紀子の言うように、明日から学校をはじめとした関係者に挨拶《あいさつ》に行ってもいい。というか、行きたい気分になってきた。自堕落を極めた日々にピリオドを打ち、再出発を期すのであれば、やはりけじめはつけなければならない。そこからしか再出発などあり得ない。

しかし、まずは波留だった。兎《と》にも角《かく》にも、ここまで来た目的を遂げなくては、明日のことは考えられない。

食堂の暖簾《のれん》の前に立った。鼓動が激しく乱れていく。深呼吸をして自動ドアの開閉スイッチを押した。震災の前にはなかった店で、建物は新しい。

「いらっしゃいませーっ！」

明るい声が飛んでくる。波留だ、と思った。しかし、彼女の口からそんなに明るい声が出たのを、かつては聞いたことがなかった。

銀色の盆に水を載せ、こちらにやってくる。ひっつめ髪に白い三角巾を被り、割烹《かっぽう》着《ぎ》を着ている。

「どこでも空いてる席に……」

立ちすくんでいる浩之に声をかけようとして、表情が凍りついた。眼が泳ぎ、頬や唇が複雑にひきつる。

「……先生」

浩之は言葉を返せなかった。訊ねたいことがある。しかし、それ以上に胸に溜めこんだ思いがあり、少しでも吐きだせば涙とともにあふれだしてしまいそうだった。

「いつこっちに？」

波留がこわばった声で訊ねてくる。

「さっき」

「学校に？」

「いや」

「誰かと……」

「道で紀子と……偶然……会ったけど……」

ひどく気まずい。

「とっ、とにかく座ってくださいよ」

「ああ……」

「ご注文は？　うち、なんでもおいしいですよ」

壁にメニューが貼ってある。建物は新しくても、出しているものは昔ながらの食堂みたいだ。焼き魚定食、煮魚定食、カツ丼、カレーライス、ラーメン……。

「ビール……いや、酒はあるかな?」

「冷や?」

「つけてもらえると嬉しいけど」

「熱燗ひとーつっ!」

波留はまわれ右をして厨房《ちゅうぼう》に叫び、そのまま去っていってしまった。店は他に客がいなかった。まだ夕食には少しばかり時間が早いせいだろう。ただ、小上がりに子供がいる。五、六歳の男の子が絵本を読んでいる。

テレビで見たあの子かどうか、はっきりしなかった。十数秒程度の映像だけでは、さすがに記憶が曖昧《あいまい》だ。

「お待たせしましたーっ!」

波留が徳利《とっくり》と猪口《ちょこ》を運んできた。酌《しゃく》を断り、自分で注《つ》いで一杯飲む。飲まないつもりだったが、飲まずにいられなかった。波留はなにか言いたげに、テーブルの脇で突っ立っている。浩之は二杯目を喉に流しこんだ。熱燗はいい。アルコールのまわりが早い。

「テレビに出てただろ?」

「えっ……」

浩之の言葉に、波留が驚く。

「三・一一の特番さ。町角でインタビューを受けてた」

「見たんですか……」

「懐かしかった」

沈黙が流れる。

「一緒に映ってたのは、あの子かい？」

小上がりの男の子を指さす。

「はい」

「自分の子供？」

「……まあ……はい」

波留はひどく気まずげだった。一瞬、母の顔になったことを、浩之は見逃さなかった。しかし波留は、子供についてなにも説明しようとせず、新しい客が入ってくると、

「いらっしゃいませーっ！」

声を張って出迎え、そそくさとそちらに行ってしまった。

可能性がひとつ消えた、と浩之は思った。一緒に連れていたとはいえ、彼女自身の

子供ではないこともあり得ると思っていたからだ。

だが、彼女の子供だった。

父親が誰なのかは、まだわからない。


だいぶ夜も更けてきた。

一度酒を飲んでしまうと、飲みつづけるしか時間を潰す方法がなく、三軒、四軒と居酒屋をはしごした。

この町に住んでいたころは、外に飲みに出る習慣がなかったので、意外に店があるものだと思った。震災を機に廃業した店もあるだろうから、元はもっとあったのだろう。どの店にも旨《うま》い酒と気の利いた肴《さかな》があった。

午後九時過ぎ、食堂の前に戻った。

店が九時までなので、その後に会おうと波留に言われたからだった。

「ごめんなさい」

暖簾をさげた店から出てきた波留は、男の子を抱えていた。

「なんかもう、寝ちゃって……ちょっと持っててもらっていいですか?」

「えっ?　ああ……」

男の子を渡された。波留はもう一度店に戻っていく。男の子はよく眠っていた。波留に似て、おとなしそうな顔をしている。顔だけなら、波留もおとなしそうに見える。だからこの子も、本当におとなしいかどうかはわからない。

「クルマ、裏なんです」

紙袋を持って店から出てきた波留にうながされ、裏の駐車場に向かった。彼女のものらしきピンクの軽自動車に乗りこんだ。

「どこに行くんだ?」

「うちです。子供寝ちゃったし、お店の残りもの貰ってきましたから、それ食べましょう。残りものでもけっこうおいしいですよ。いいですよね?」

「まあ、迷惑じゃないなら……」

断りようがなかったが、こんな時間に家に招くということは、同居人はいないのだろうか。訊ねはしなかった。どうせすぐにわかることだ。

いや、彼女が子供とふたりだけで暮らしているということを、浩之はもはや疑っていなかった。

波留の部屋は2DKの造りだった。

かつて住んでいた部屋に比べれば倍になったわけだが、それでも広いとは言えない。おまけに子供がいるので雑然としている。散らかっているわけではないが、子供の描いた絵やプリントがそこここに貼ってあったり、子供の服が部屋干ししてあったりして、要するにひどく所帯じみていた。

「ごめんなさいね、こんなところで……」

「いや……」

浩之は首を振った。

「こっちこそ急に訪ねてきて……」

「ちょっと待ってて」

波留は子供を奥の部屋で寝かしつけてから、食堂で貰ってきた料理をちゃぶ台にひろげた。刺身に焼き魚に煮物とかなり豪華だった。酒は熱燗をつけてくれた。

「悪いね」

乾杯もせずに飲んだ。乾杯をしたほうが、なんだか複雑な気分になりそうだった。

「くううっ……」

波留も飲んで唸る。

「やっぱり、仕事終わりのお酒はおいしい。あっ、普段はあんまり飲みませんよ」

やけに機嫌がいい。

「あの店は、もう長いの？」

「もう三年になるかな。お菓子工場で一緒だった人が、ボランティアで炊《た》き出ししてて、その延長でお店出すことになったから手伝わないかって誘われて……腰掛けのつもりだったけど居着いちゃった。居心地いいのよ。子供連れてっても大丈夫だし。お馴染みさんばかりだから、遊んでくれたりして」

「酔いがまわる前に訊いとくよ」

浩之は声音を低く絞った。夕方から、いや、六年ぶりにテレビで彼女の姿を見たときから、訊ねたいことだった。もう我慢できなかった。

「……俺の子か？」

奥の部屋に続く襖《ふすま》を目顔で指す。

波留は棒を呑みこんだような顔になった。次の瞬間、笑いはじめた。大笑いだった。腹を抱えて床に寝っ転がり、ひいひい言っている。

「先生ってば、それであわてて会いにきたんですか？　テレビで子供連れのわたし見て、あのときの子供じゃないかって、指折り数えてみたりして……」

「違うのか？」

「違いますよ」

波留は体を起こしてきっぱりと言った。

「先生と最後にしたときできた子供なら……そうかあ、いまごろ五歳かあ。誤解してもしょうがないかな、うちの子大きいし。あの子はまだ四歳、だから先生の子じゃありません」

浩之はどういう顔をしていいかわからなかった。

「わたし、結婚してたんですよ。秋田の親戚の家にいるとき、ガソリンスタンドでアルバイトしてて、そこで知り合った人と。でも、うまくいかなかった。子供が生まれて一年もしないうちにダメになって……」

「離婚したのか？」

「バツイチです」

「大変だ、シングルマザー……」

「べつに、そうでもないですよ。結婚してたときのほうがずっと大変だった。ガタイは大きいのに、子供みたいな人だったから」

「……そうか」

浩之は酒を飲んだ。波留の子供が自分の子供ではないとわかり、がっかりしている自分が滑稽だった。しかも、他の男の子供を産んで育てている。

姿形はあまり変わらなくても、やはり過ぎ去った六年という時間の重みは、軽いものではないということか。

「先生が悪いんですよ」

波留は鼻に皺を寄せて悪戯っぽく笑った。

「わたし、先生と知永子さん見てて、結婚っていいなあって思ったんですから。だから結婚してみたのに……」

「結婚がいい？」

「だって、先生は結局、知永子さんを選んだでしょ？　わたし、けっこう自信あったんですよ。先生は知永子さんよりわたしのことが好きだと思ってたし、わたしは知永子さんより先生のことが好きだと思ってたし。でも、結局は……夫婦の絆はすごいなあって……」

波留の言うことは間違っていない、と浩之は思った。あの時点で、純粋に好きだったのは、波留のほうだ。しかし、知永子を捨てることがどうしてもできなかった。それを夫婦の絆というのなら、そうかもしれない。切ろうとしても切れない絆が、ふたりの間にはたしかにあった。

しかし……。

知永子に関して考えても、詮無《せんな》いばかりだった。

あの時点では波留のほうが好きだったとはいえ、やり直すことができていれば、波留との浮気もいつかは笑い話になったかもしれない。浩之は最終的に、そういう未来を選んだのだ。

付き合って、そろそろ十年だった。さらに二十年、三十年と時を重ねていき、浮気が笑い話になる日がやってきたなら、それこそ夫婦の絆だと胸を張って言えるだろうと……。

4

こんなにしゃべる子だったろうか、と浩之は少し驚いていた。

酒を飲んでいる。積もる話もある。それにしても、浩之が知っている波留は基本的に無口であり、よけいなことをしゃべりたがらなかった。なのに言葉がとまらない。先ほどから、ひとりでしゃべっている。

「さっきわたし、先生に自分が選ばれる自信があったって言ったじゃないですか。あれ、勘違いじゃないですからね。だって知永子さんも、そう言ってましたから。たぶんあなたが選ばれると思うって。そのときは黙って身を引いてあげるから安心してねって。カッコいいなあって思いましたよ。逆の立場だったら、わたしは絶対、そんなふうに言えない。どうしてですかって訊いたら、だってわたしだってあなたのこと選ぶと思うもん、って笑うんです。女なんて若くて可愛いほうがいいに決まってるじゃないって。生意気な年増は……あっ、これ、知永子さんが自分で言ったんですからね、生意気な年増はすごすごと引っこみます、とか言ってすごく楽しそうに笑うの。そりゃあわたしだって思ってましたよ、若い自分が有利だって。こっちはピチピチの二十歳なんだからって。よく考えたら、若い以外になんの取り柄もないんですけど。そう思いこめちゃうのがまさに若気《わかげ》の至りなわけで。でも、最後のほうは、敵《かな》わないなあって思い知らされました。料理をね、教えてくれてたでしょう？　あれ、先生が好きな味つけを教えてくれてたんですよ。本当はここで味醂《みりん》なんだけど、彼は甘いの苦手だからお酒だけでいいとか、レシピが先生用にカスタマイズされてて……そういうのって、愛がないとできないことでしょ？　たぶん知永子さん、それをわたしに教えるために一緒に住んでいいって言ったんですよ。本当はわたしの顔なんか見たくないのに……わたしのことなんか大っ嫌いなのに……」

もうやめにしないか、と浩之は何度も口を挟みそうになった。

なっているのは、知永子の話だからだと気づいたからだった。波留は知永子の思い出話をしようにも、する相手がいなかったのだ。

「だから、先生がわたしのこと抱いてくれようとしたとき、超複雑な心境でしたよ。隣に知永子さんがいるのにエッチするってことは、わたしを選んでくれたってことでしょう？　キャーッて喜んでる自分もいるんですけど、本当にいいの先生？　って思ってる自分もいて……知永子さんのほうが何十倍もいい女だよ、わかってるのかな、わたしでいいのかな……そんなことばっかり思ってて。まあ、途中から、気持ちよくってわけわからなくなっちゃいましたけどね……それで朝、なんかモヤモヤした落着かない気分で眼を覚まして、先生に土下座されたでしょう？　別れてくれって。胸がすーっとした。それでいいのよ、って内心でガッツポーズですよ。自分がふられたことより、先生が知永子さんを選んでくれたことのほうがずっと嬉しかった。ごめんなさいって、知永子さんに謝りたかった。先生の隣で、一緒に土下座したかった。できなかったけど、邪魔して本当にすみませんでしたって……」

言葉につまった波留を見ながら、もっと話してくれ、と浩之は胸底でつぶやいた。亡くなった人間の話をするのは詮無いことだ。しかし次第に、それこそが供養《くよう》かもしれないという気分になってきた。

思えばおかしな関係だった。ひとつ屋根の下に三角関係の男女が一緒に暮らすなんて、他人が聞けば馬鹿げていると思うだろう。当事者の浩之だって思っていたほどだ。本当に馬鹿げている。

だが、馬鹿げたことをしでかしてしまうのが人間という生き物であり、そこから豊かな感情や気づきを拾いあげられるのも、また人間なのだ。

馬鹿げているといえば、そもそも浮気が最たるものだ。しかし浩之は、後悔していない。知永子を傷つけてしまったことは罪深いことだと思う。その罪を背負ってなお、後悔していないと言いきれる。波留と付き合わなかった人生を考えるとゾッとする。

六年ぶりに再会して、あらためてそう思った。死にかけていた人間らしい感情が、むくむくと頭をもたげてくるようだった。

「わたしが……死ねば……よかったんですよね……」

波留がつぶやくように言った。

「知永子さんじゃなくて……わたしが死ねば……一件落着っていうか……すべては丸く収まったというか……」

「それを言うなら、死ぬのは俺だ」

浩之は言った。さすがに黙って聞いていられなかった。

「いちばん悪いのは俺なんだ。大人ぶってるわけでも、いい子ぶってるわけでもない。俺が悪い」

「わたしはわたしが悪いと思う」

「違うよ、俺だ。理由もはっきりしてる。俺がいちばんいい思いをしたんだよ。おまえと知永子を天秤《てんびん》にかけて、どっちにもうまいこと言って、二股かけられる器量もないのに……」

「いい思い、した?」

波留が涙眼で見つめてくる。

「ああ」

「知永子さん泣かせても、わたしと付き合ってよかった?」

「当たり前だよ」

浩之は酒を呷《あお》った。

「好きだったんだ……本当に……それだけは、嘘じゃない」

「わたしも好きだった」

波留が泣く。声を殺して大粒の涙を流す。浩之の目頭も熱くなってくる。

「わたしたち、死んだら地獄だね」

しゃくりあげながら、波留が言う。

「ああ」

浩之はうなずいた。

「地獄に決まってる」

「知永子さん天国だから、もう会えない」

「そうだな」

「でもわたし、天国じゃなくて地獄がいい……先生のいる地獄が……」

波留が抱きついてくる。浩之は受けとめる。唇が重なる。お互いの涙でしょっぱい味がする。

「わたしのこと、まだ好き?」

「ああ」

「本当に好き?」

「好きだよ」

「じゃあ、もう離さないで」

波留が号泣しながら頬をつねってくる。

「知永子さんが一番で、わたしは二番でいい……知永子さんには敵わない……天国にいる人に敵うわけない……でも……でも、一番の人がいなくなったら、わたしが繰りあがって一番じゃないのかよう」

もう片方の頬もつねる。波留が知るはずのない思い出が、浩之の胸を千々に乱した。それは知永子が、最初にキスをしてきたときの照れ隠しだ。

5

もう一度唇を重ねた。

舌と舌をからめあうキスをした。

お互いにすぐにそれでは満足できなくなった。浩之の手は波留の胸のふくらみをセーターの上から揉みしだきはじめ、驚いたことに、波留もこちらの股間をまさぐってきた。

とはいえ、そのまま突き進んでしまうわけにもいかない。襖の向こうで子供が寝ている。淫らな声や物音で起こしてしまうのはよろしくないし、肝心なときに気が散ってしまうのも困る。それに、居間はフローリングでソファもなかった。情を交わすなら、せめて布団の上にしたい。

「……どうする?」

キスをしながら訊ねた。いまここで、焦ってひとつになることもないと思った。浩之は宿をとっているので、明日あらためてそこでしたっていい。

「えっ?　ああ……」

波留はうっとりした顔で、瞳まで潤ませていた。男に頼りきった安堵が垣間見えた。普段はひとりで頑張っているシングルマザーだ。頼ることに飢えていたのかもしれない。そう思うと、せつなく胸を締めつけられた。

「ちょっと待ってて」

波留は立ちあがって子供が寝ている部屋の襖を開けた。布団を抱えて出てくると、浩之をうながして、もうひとつの部屋に入った。畳の部屋だった。橙色の常夜灯にはムードがあったが、暖房が効くまで寒そうだった。お互い下着姿になって、そそくさと布団にもぐりこんだ。

「懐かしいね」

寒い寒いと体をこすりつけながら、波留が眼を細める。

「エッチしないでひとつの布団で寝るのって、なんかよかった」

「……そう？」

「先生、勃ってたし」

「そりゃ勃つよ」

「わたしもね、実はすごい興奮してた。いやらしいことばっかり考えちゃってドキドキしてね。翌朝パンツ見て、あーって頭抱えて……」

本当によくしゃべるようになったものだと、浩之は笑う。しかし、言葉はあまり耳に入ってこなかった。波留の素肌を感じていた。なめらかではあるが、しっとりもしている。こんな感触だったろうか、と記憶をまさぐる。

以前とはっきり違ったのは、下着だった。ブラジャーもショーツもベージュだった。昔はパステルカラーか白だったはずだ。ヌーディな生々しいベージュ色が、少女から大人の女への成長を告げているようだった。

次第に布団の中が暖まってきた。

浩之は我慢できなくなり、ブラジャーの上から乳房を揉んだ。

「あんっ……んんっ！」

あえいだ口を、キスで塞ぐ。襖一枚から壁一枚にグレードアップされたとはいえ、大きな声を出せば隣に聞こえてしまう。子供を起こしてしまうことになる。愛撫もピストン運動も、口づけをしながらのほうがいい。

「んんっ……んんんっ……」

ブラ越しにぐいぐいと揉みしだくと、波留の顔は瞬《また》く間にねっとりと紅潮していった。

「先生、やさしくして」

波留が鼻にかかった甘えた声でささやく。

「わたし、久しぶりだから……三年以上してないから……処女みたいなものよ、もう……」

バツがついてから、セックスはしていないということだろうか。だが逆に、それより前はしていたのだ。浩之しか知らなかったこの体が、他の男にも抱かれてしまったわけだ。子供がいるのだから当たり前だ。

ジェラシーがこみあげてくるのを感じながら、ブラジャーのホックをはずした。波留がカップを抱えていやいやと身をよじる。予想外の反応だった。波留の乳首は敏感で、それゆえ愛撫をされるのが好きだったはずだ。

「ううっ……あっ、あんまり見ないで……」

カップをめくりあげようとすると、顔をそむけてそんなことを言った。露わになった乳房を見て合点がいった。

以前は眼にしみるほど清らかな桜色をしていた乳首が、黒ずんでいた。妊娠、出産、授乳——それらの影響だろう。

「見ないでくださいよ、もう」

頰をふくらませて羞じらう姿が可愛い。本人的にはひどく気になるのかもしれないが、浩之は興奮した。顔やスタイルは二十歳のころとほとんど変わらないのに、乳首だけが黒ずんでいるなんてなんだか卑猥だ。

「んんんんーっ!」

舐めてやると、波留はしたたかにのけぞった。色は変わっても、感度は変わらないようだった。いや、さらに敏感になっているかもしれない。左右同時にコチョコチョとくすぐってやれば、真っ赤になって身をよじった。声が出てしまうのを防ぐように、深い口づけをねだってきた。

浩之はキスに応えながら、右手を下半身へと這わせていった。股間にぴっちりと食いこんだベージュのショーツの上から、小高い丘をなぞりたてた。まだ薄布に包まれているのに、熱気がねっとりと指にからみついてくる。ショーツの中に手を入れると、草むらがやけに指の邪魔をした。乳首と同じ現象だろうか、春の若草のようだった恥毛が、ずいぶんと濃くなったようだ。

「んんんーっ！」

口づけをしながら、波留が鼻奥で悶《もだ》える。指が割れ目に到達したからだ。湿り気を帯びた恥毛を掻き分け、濡れた花びらをいじりまわしてやる。大量に蜜を漏らしていて、ほんの少し愛撫しただけで指が泳ぐほどになった。ハアハアと息をはずませる波留の舌をしゃぶりながら、浩之はねちっこく指を動かした。

波留は先ほど、三年以上セックスから離れていたと言っていた。それを言うなら、浩之はもう六年も女体に触れていなかった。時折、思いだしたように自慰《じい》をすることはあっても、性欲をもてあましたこともない。

なのに覚えている。愛撫の仕方は、頭ではなく体がしっかりと記憶していて、波留に触れるほどにありありと思いだしていく。思いだすだけではなく、渇いていく。女が欲しいと、全身の血がたぎりたつ。

ショーツを脱がした。

「先生も脱いで……」

波留がTシャツをつかんでくる。処女を奪ったときにも同じことを言われた気がする。浩之はTシャツを脱ぎ、ブリーフを脚から抜いた。これでお互い、一糸纏《いっしまと》わぬ丸裸だった。クンニリングスがしたかった。しかし、クンニをしながらキスはできない。波留が喜悦に歪んだ悲鳴をあげてしまうかもしれない。

「……舐めっこするか?」

耳元でささやくと、波留は息を呑んで視線を泳がせた。迷っている。かつてあれほどシックスナインに淫していたのに……。

恥毛が濃くなったことを気にしているのかもしれない。

ならば、と浩之は掛け布団を払いのけ、波留の上にまたがった。男性上位のシックスナインだ。波留は驚くあまり拒絶できない。初めてだったからだ。シックスナインと言えば女性上位か横向きが定番で、自分が上になるのは恥ずかしくてしたことがない。

だが、ためらいはノーだった。この期に及んで尻込みしていても、いいことなんてありはしない。前に進むのだ。舐めて舐められるのだ。欲望にまみれて、お互いを感じあうのだ。

セックスばかりしていたふたりだった。デートらしいことなんて、ただの一度もしたことがない。舐めて舐められることで愛を育《はぐく》み、愛を確認し、愛に震え、愛に溺れてきた。

「むううっ……」

獰猛《どうもう》な蛸《たこ》のように尖らせた唇を、女の割れ目に押しつけていく。くにゃくにゃした花びらがじっとりと蜜をたたえて、獣じみた匂いを振りまいている。胸いっぱいにそれを吸いこみながら、舌を踊らせる。猫がミルクを舐めるような音がたつ。あとからあとからこんこんとあふれてくる蜜を、じゅるっと吸いたてて嚥下《えんか》すれば、波留の味と匂いが体の中に充満していく。それを感じながら、花びらを口に含む。ふやけるくらいにしゃぶりまわしては、割れ目の間に舌先を差しこんでやる。

「……うんあっ！」

あふれそうになる声を封じこめるように、波留が男根を咥《くわ》えてきた。唾液をたっぷりと分泌させた口で、深く吸ってくる。ヌメヌメして生温かい口内粘膜の感触が、身をよじりたくなるほど心地いい。唾液ごと、じゅるっ、じゅるるっ、と音をたてて吸われれば、腰が動いてしまう。セックスをしているときのように、波留の口唇《こうしん》にピストン運動を送りこんでしまう。

なるほど、男性上位のシックスナインでは、こんな動きができるのか。新鮮な発見だった。快楽は、いつだって恥ずかしさの向こう側にあるらしい。全裸になってもまだ脱ぎ足りない。もっと脱ぎたいし、脱がせたい。恥ずかしさの向こう側で、波留と一緒に震えながら抱きあいたい。

「んんんーっ！」

波留が鼻奥で悶え声をあげた。見なくても、眼を白黒させているのがわかった。アヌスを舐めたからだ。波留の肛門を舐めるのが、浩之は好きだった。性器を舐めるのと違って、くすぐったがる。その様子がたまらなく可愛らしい。

「むむむっ！」

今度は浩之が眼を白黒させる番だった。小さくてつるつるした波留の舌が、アヌスを這っていた。アヌスを舐めたことはあっても、舐められたのは初めてだった。どうやら彼女も、恥ずかしさの向こう側に飛翔したいらしい。

浩之は舐めた。アヌスの細かい皺の一本一本をなぞるように舌先を這わせ、ざらついた舌腹で唾液を纏わせた。もちろん、花びらやその奥や、クリトリスを愛撫することも忘れなかった。みるみる顔中が蜜にまみれていった。もっとまみれたかった。波留にまみれたかった。

6

暖房が効いてきたこともあり、ふたりの体からは汗が噴きだしていた。シックスナインの体勢を崩すと、それを拭うことも忘れて抱きあった。唇を重ね、舌をしゃぶりあった。

視線と視線がぶつかりあう。

波留の瞳は淫らなほどに潤みきって、見つめられると息を呑まずにいられなかった。一見昔と変わらなくても、裸で見つめあっていると、会えない間にずいぶん大人っぽくなったものだと思った。

全身から発情が伝わってきた。隠しきれない性欲の疼きを感じた。

二十歳のころの彼女は、淋しさを埋めあわせるためにセックスを求めているところがあった。肉体の快感で心を慰め、男に求められることで満ち足りた気分に浸《ひた》りたい——いまの彼女から伝わってくるのは、そんな気持ちと拮抗《きっこう》する、業火が燃えあがるような情熱的な肉欲だった。

もちろん、悪いことではない。咎《とが》められることなんかじゃない。身も心も同時に満たされるのがセックスのあるべき姿なら、ようやく心に体が追いついたのかもしれない。

だが……。

追いついたプロセスに思いを馳せれば、ジェラシーで胸を掻《か》き毟《むし》りたくなる。彼女にバツをつけた男の存在が、発情しきった波留の裸身に艶《なま》めかしい陰影を与えているのか。乳首が黒ずみ、恥毛が濃くなった彼女はもう、浩之しか男を知らない女ではなかった。他の男に抱かれていた。バツをつけた男と、子供ができるまで腰を振りあった。

燃え狂うジェラシーが、浩之を奮い立たせる。これは昔の女との、同窓会めいた情事ではなかった。バツをつけた男から、波留を奪還できるかどうかの戦いだった。

それが嬉しかった。波留が知永子と戦ったように、浩之も戦いたかった。戦って勝ちとりたかった。波留はもう、丹精込めて育てあげた籠《かご》の鳥ではない。自由に羽ばたく翼をもっている。欲望の翼でどこまでも飛んでいける。自分の腕の中に留めておくには、全身全霊で愛してやらねばならない。

「声が出ちゃっても気にしないで……」

両脚の間に腰をすべりこませていくと、波留は汗まみれの顔で笑った。

「子供が起きても、べつにいい。わたし、恥ずかしいことしてない」

「それはおまえの問題じゃない」

浩之は苦笑した。

「子供のトラウマになったら困るから我慢しろ」

「わかってないなあ」

波留が唇を尖らせる。

「声を我慢できるくらいのエッチなんて、退屈だって言いたいの」

「やめたっていいんだぞ」

浩之は勃起しきった男根を握りしめ、切っ先で割れ目をなぞった。

「あんっ……」

汗まみれの顔が歪む。眉根を寄せ、眼尻を垂らして、強気だった表情が、一瞬にしていまにも泣きだしそうになる。ヌルリ、ヌルリ、と割れ目を亀頭でなぞりたててやるほどに、裸身に淫らなさざ波が起きる。

「退屈なエッチはやめておくか？」

「いやっ……」

いまにも泣きだしそうな顔で首を振る。

「……欲しい」

「声、我慢できるな？」

「我慢するから入れて」

視線と視線がぶつかりあい、からみあう。まだひとつになっていないのに、呼吸が重なっている。高鳴る心臓の音さえ重なっているかもしれない。

浩之は上体を被せ、キスをした。唾液を交換しながら、ゆっくりと腰を前に送りだした。右手は、波留の肩を抱いていた。空いている左手で、波留の右手をつかんだ。指を交差させて、しっかりと握りあった。じわじわと結合を深めていくほどに、波留の右手に力がこもっていく。必死になって握りしめてくる。浩之はキスを深める。息もとまるような深いキスをしながら、ずぶずぶと最奥まで侵入していく。

「んんんんーっ！」

波留が鼻奥で悶え泣く。あわあわと眼を泳がせる。頬が淫らなまでに紅潮していく。浩之は腰を動かしはじめる。久しぶりの感触を確かめるように、濡れた肉ひだを攪拌《かくはん》し、ゆっくりと抜いて、ゆっくりと入っていく。

「んんんっ……んんんんーっ！」

早くも感極まりそうな波留は、少なくとも退屈はしていないようだった。ゆっくりと抜いて、ゆっくりと入っていく。焦らずにスローピッチをキープして、結合感を嚙みしめる。波留も下から腰を使ってくる。蜜を漏らしすぎているから、粘《ねば》っこい肉ずれ音が聞こえてくる。

まだ本格的なピストン運動も開始していないのに、全身から新鮮な汗が噴きだしてきた。これで連打を放ったらどうなってしまうのか、怖いくらいだった。想像するだけで身震いが起き、口の中が乾いていく。ゆっくりと抜いて、ゆっくりと入っていく。次第に、ゆっくりと抜いて、素早く入れるリズムになる。

男根に力がみなぎり、限界を超えて硬くなっていくのがよくわかる。こんなに気持ちよかっただろうか、と思う。他の男に開発されたのか、と憤《いきどお》る。波留の反応も記憶より敏感だ。経産婦になって感度があがったのだろうか。出産で痛い思いをしたぶん、神様からのギフトとして、とびきりの性感を手に入れたのか。

「んんんんんーっ！」

抜き差しのピッチをあげていくと、波留は激しく身をよじりながらしがみついてきた。ずんずんっ、ずんずんっ、と突くほどに、背中が弓なりに反り返っていく。やはり感度があがっている。亀頭が子宮を叩きはじめると、背中に爪が食いこんできた。

こんな癖《くせ》は、二十歳の波留にはなかった。さらにピッチをあげていくと、背中を掻き毟られた。痛くはなかった。むしろ心地よかった。背中への刺激が、勃起しきった男根をなおいっそう硬くしていく。凶暴に張りだしたエラで、濡れた肉ひだを逆撫でにしている実感がある。

「んんんんーっ！　んんんんーっ！　あああっ……」

呼吸が苦しかったのだろう、波留がキスを振りほどいて口をパクパクさせた。真っ赤に染まった顔を歪めて、すがるように見つめてきた。声が出そうだと訴えているのだ。

それでも必死にこらえている。食いしばった白い歯がセクシーで、浩之はその顔に見とれてしまう。こちらにはまだ余裕はある。いまより激しい連打を打つこともできるが、我慢してやる。波留が声をこらえている以上、こちらもつんのめる欲望のままに腰を振りたてるわけにはいかない。

粘りつくようなリズムで抜いては出し、出しては入れる。リズムを分かちあえば、ひとつになっていく。激しいピストン運動を送りこまなくても、全身が燃えるように熱い。

波留も同じことを感じているようだった。怒濤の連打を浴びせられているわけでもないのに、開いた四肢をきつくこわばらせ、ガクガクと腰を震わせる。浩之の背中に、さらに深く爪を食いこませてくる。

「ダ、ダメッ……ダメようっ……」

耳まで真っ赤に染めて首を振る。

「イッ、イキそうっ……もうイッちゃいそうっ……」

イカせてほしい、とねだる表情がいやらしかった。オルガスムスが近づいているせいで、蜜壷の締まりも増している。一体感がすごい。このままイカせてやりたい気もするが、そうはいかない。

これは戦いだった。間違っても退屈させるわけにはいかなかった。心が繫がっている実感はあるが、体のほうはまだ足りない。六年間のブランクを埋めきれていない。

「せっ、先生っ……イッ、イカせっ……てっ……んんんーっ！」

舌を思いきり吸いたてた。比喩《ひゆ》ではなく、絶対に呼吸ができない勢いで吸いたてながら、腰の動きのリミッターをはずした。溜めに溜めたエネルギーを爆発させて、怒濤の連打を送りこんだ。

「んぐうーっ！　ぐうううーっ！」

パンパンッ、パンパンッ、と乾いた音をたて、女体が浮きあがる勢いで突きあげた。長い時間ではない。波留を苦しませたいわけではない。適当なところでピタリと腰の動きをとめて舌を離し、息を吸わせた。

波留はハアハアと息をはずませながら、呆然とした顔で見つめてきた。全身がいやらしいほど痙攣していた。汗も噴きだしている。表情と首から下のギャップがすごい。

「んぐうううーっ！」

ひとしきり酸素を補給させると、もう一度舌を吸いたてて連打を放った。ストップ＆ゴー、ストップ＆ゴーで追いつめてやると、波留は腕の中で暴れだした。たまらないようだった。快楽の臨界点はとっくに超えているのに、イケないもどかしさにのたうちまわっている。イカせるなら、いちばん高い頂点でイカせてやりたいと浩之は思った。

「ゆっ、許してっ……もう許してっ……」

哀願しつつも、ガクガク、ブルブル、と全身の震えがとまらない。

「もうイカせてっ……イキたいっ……」

浩之はねちっこく腰をグラインドさせながら、舌をからめあわせた。声を奪うために吸うのではなく、慈愛のディープキスだ。そうしつつ乳房を揉み、乳首をいじってやれば、波留の顔はうっとりと蕩《とろ》けた。それでも、ガクガク、ブルブル、はとまらない。彼女の発情は限界を超えている。出口を求めて爆発しそうになっている。

「好きだよ、波留……」

絞りだすような声で言った。

「愛してるよ……もう離さない……」

なにか言い返そうとした波留の舌を、チューッと音をたてて吸いたてた。声を奪い、腰を振りたてた。四肢を貫くような、渾身のストロークを送りこんだ。

「んっ！　ぅんぐうううううーっ！」

波留の言いたいことは、聞かなくてもわかった。体が饒舌に語っていた。蜜壺の食い締めが、背中に食いこんだ爪が、言葉以上に愛を歌っている。

「ぅんぐううーっ　ぅんぐうううううーっ！」

ビクンッ、ビクンッ、と腰を跳ねあげて、波留はオルガスムスへ駆けあがっていった。戦いに勝った確信が、浩之を熱狂へといざなった。体中を反り返らせ、五体の肉という肉を痙攣させている波留を抱きしめた。骨が軋《きし》むほど強く抱いて、激しいまでに突きあげる。突いて突いて突きまくる。

このまま射精まで一気に走り抜けようと思った。

そして、終わったら言ってやろう。

波留が知永子に言ったのを真似て、軽やかに、どこかとぼけた感じで。

ひとつ、提案がある。

俺もこの家に一緒に住ませてくれないか?

奪う太陽、焦がす月

一〇〇字書評

切り取り線

購買動機（新聞、雑誌名を記入するか、あるいは○をつけてください）	
□（　　　　　　　　　　）の広告を見て	
□（　　　　　　　　　　）の書評を見て	
□ 知人のすすめで	□ タイトルに惹かれて
□ カバーが良かったから	□ 内容が面白そうだから
□ 好きな作家だから	□ 好きな分野の本だから

・最近、最も感銘を受けた作品名をお書き下さい

・あなたのお好きな作家名をお書き下さい

・その他、ご要望がありましたらお書き下さい

住所	〒				
氏名		職業		年齢	
Eメール	※携帯には配信できません	新刊情報等のメール配信を 希望する・しない			

この本の感想を、編集部までお寄せいただけたらありがたく存じます。今後の企画の参考にさせていただきます。Eメールでも結構です。

いただいた「一〇〇字書評」は、新聞・雑誌等に紹介させていただくことがあります。その場合はお礼として特製図書カードを差し上げます。

前ページの原稿用紙に書評をお書きの上、切り取り、左記までお送り下さい。宛先の住所は不要です。

なお、ご記入いただいたお名前、ご住所等は、書評紹介の事前了解、謝礼のお届けのためだけに利用し、そのほかの目的のために利用することはありません。

〒一〇一 - 八七〇一
祥伝社文庫編集長　坂口芳和
電話　〇三（三二六五）二〇八〇

祥伝社ホームページの「ブックレビュー」からも、書き込めます。
http://www.shodensha.co.jp/bookreview/

祥伝社文庫

奪《うば》う太陽《たいよう》、焦《こ》がす月《つき》

平成29年5月20日　初版第1刷発行

著　者　草凪《くさなぎ》優《ゆう》

発行者　辻　浩明

発行所　祥伝社《しょうでんしゃ》

東京都千代田区神田神保町3-3
〒101-8701
電話　03（3265）2081（販売部）
電話　03（3265）2080（編集部）
電話　03（3265）3622（業務部）
http://www.shodensha.co.jp/

印刷所　萩原印刷
製本所　積信堂
カバーフォーマットデザイン　芥 陽子

 ISBN978-4-396-34311-8 C0193

〈祥伝社文庫　今月の新刊〉

渡辺裕之
凶悪の序章（上・下） 新・傭兵代理店
最大最悪の罠を仕掛ける史上最強の敵に、リベンジャーズが挑む！　現代戦争の真実。

テリ・テリー
竹内美紀・訳
スレーテッド2 引き裂かれた瞳
次第に蘇る記憶、カイラは反政府組織の戦いに身を投じる…傑作ディストピア小説第2弾。

原　宏一
女神めし 佳代のキッチン2
どんなトラブルも、心にしみる一皿でおいしく解決！　佳代の港町を巡る新たな旅。

草凪　優
奪う太陽、焦《こ》がす月
意外な素顔と初々しさで、定時制教師が欲情の虜になったのは二十歳の教え子だった――。

南　英男
シャッフル
カレー屋店主、元刑事ら四人が大金を巡る運命の選択に迫られた。緊迫のクライムノベル。

鳥羽　亮
中山道の鬼と龍 はみだし御庭番無頼旅
火盗改の同心が、ただ一刀で斬り伏せられた！　剛剣の下手人を追い、泉十郎らは倉賀野宿へ。

佐伯泰英
完本 **密命** 巻之二十三　仇敵《きゅうてき》　決戦前夜
あろうことか惣三郎は、因縁浅からぬ尾張の地にいた。父の知らぬまま、娘は嫁いでいく。